人文学の沃野

成蹊大学人文叢書 13

成蹊大学文学部学会 編

責任編集　松浦義弘・浜田雄介

風間書房

序

本書『人文学の沃野』は、成蹊大学文学部創立五〇周年を記念して開催された講演会が元になっている。

成蹊大学文学部は、一九六五年、英米文学科、日本文学科、文化学科の三学科体制で発足した。その前年の一九六四年には新幹線が開通し、東京オリンピックが開催されたから、高度経済成長まっただなかの船出であった。その後、一九七〇年代はじめには石油危機と国際通貨制度の変動相場制への移行があり、円の対ドル相場が日本経済に深刻な影響をあたえる「市場経済のグローバル化」が醸成されていった。さらに、一九八九年には「ベルリンの壁」が崩壊し、一九九一年にはソビエト連邦が解体して東西の冷戦構造が消滅し、自立的な「世界市民」となりうる可能性が生じた。しかし同時にそれ以後、あらゆる領域でグローバル化が急速に進行した。その点で、二〇〇一年九月一一日におこった「アメリカ同時多発テロ事件」は象徴的であった。地球温暖化、アフリカの飢餓、リーマンショックなど、地球規模で多くの問題が発生する一方、国内では非正規雇用が増加して格差が拡大し、婚姻率と出生率の低下が明白になったのも、ここ二〇年のことであった。いまや「市場経済」の暴力から社会をいかに防衛するかが喫緊の課題となっている。イギリスの欧州連合（EU）からの離脱、アメリカ大統領選挙におけるトランプの勝利、先進諸国におけるいわゆるポピュリズムの台頭などが、グローバル化のひずみに由来する現象であることは、いうまでもなかろう。

成蹊大学文学部は、こうした社会の変化に対応すべく、二〇〇〇年には文化学科を母体にして国際文化学科と現代社会学科をあらたに設置し、既存の英米文学科、日本文学科とあわせて四学科体制となり、現在にいたっている。また、二〇〇四年からは「時代と社会の変化に柔軟に対応できる自立的人間の養成」を掲げて先進的なカリキュラムを導入し、二〇一〇年には成蹊教養カリキュラムと連携した改編をおこなった。このように文学部は、「時代と社会の変化」に応じて学部の体制やカリキュラムを変えてきた。しかしながら、このような変化にもかかわらず、一貫して変えなかったものがある。少人数のゼミを重視し、卒業論文を四年間の勉学の集大成と位置づけてきたことが、それである。ゼミと卒論執筆の過程で育まれる学生と教員、学生と学生との人間的交流のなかに、文学部教育の根幹があると考えてきたためである。

二〇一五年に創立五〇周年の節目を迎えることになった文学部では、過去の経緯を踏まえて記念行事を催すことになった。卒業生に文学部の教育・研究の歴史と現状を理解してもらうと同時に、文学部と同窓会との一層の連携を図ることがめざされた。そのため、前年の二〇一四年七月には浜田先生をチーフとする文学部五〇周年企画チームが結成され、行事の内容や人選などの詳細が具体的に詰められていった。こうして、二〇一五年一一月一四日、講談師日向ひまわり先生による講談「中村春二伝」、文学部同窓会主催の懇親会などとともに、「人文学の沃野」をテーマとする講演会が開催されることになったのである。

この講演会を企画した趣旨は、大きく二つあった。

その一つは、文学部五〇年の教育・研究の過去と現在を見据え、その未来について考える機会を持ちたいということであった。そのために、四人の先生にみずからの学問・教育について語ってもらうことにした。細井先生は、文学部創立一年後の一九六六年に赴任して二〇〇五年三月まで勤務され、揖斐先生は、二〇一五年三月に退職されるまで三六年にわたって教育・研究に従事されてきた。両先生とも、文学部五〇年の歴史のほとんどをみずから生きられたわけである。一方、有富先生と渡邊先生は二〇一三年に文学部に着任され、いずれも一九七〇年代の生まれで、これからの文学部を担ってゆかれる若い世代の先生である。さらに、林あまり先生には学生時代の前田透先生との関わりを話していただき、下河辺先生には院生・卒業生によるビデオレターを作成していただいた。本書に収録されたこれら六人の講演に基づいた論考は、創立以来五〇年の文学部の歴史や、さらにはその未来像を、ある程度は窺わせるものとなっていよう。本書では、これら六論考にくわえて、文学部創立時の教員であった久保正彰先生による珠玉の一篇と、おもに現職教員による七本の論考を収録することができた。それによって、文学部の教育・研究の過去と現状、そしてその将来についてのイメージが、より明確に浮かびあがることになったのではないかと自負している。

もう一つは、文学部の英文名称にも使われている「人文学（Humanities）」の意義とは何かを考えてみようとすることにあった。おりしも、講演会が開催された日の一ヵ月ほど前には二〇一五年のノーベル賞が発表され、北里大学の大村智博士がノーベル医学・生理学賞を受賞された。大村博士は人の役にたつ学問をつねに志し、寄生虫による熱帯特有の感染症に対する特効薬「イベルメクチン」を開発して、何億人もの人びとを感染症から救った。このように目に見えるかたちで人類に貢献したのだから、大村博士がノーベル賞を受賞したのは当然であろう。ひるがえって人文学は、目に見えるかたちでは人類の発展に貢献しない。経済学や法学などの「実学」ともちがって、直接社会の役に立つわけでもない。また、理学部における基礎研究などと同様、いつ、どういう結果がでるのか、はっきり見通せないことがしばしばである。

しかしながら、社会が急速に変化してこれまでの常識が通用しなくなり、自分でものを考えることが必要となっている現在、人文学を学び実践する意味はますます大きくなっているといえよう。というのも、人文学とは、人間にかかわる問題をどう考え、どう解釈すべきかを広い視野から模索する学問であるからである。もちろん、「解釈」だから「正解」はない。しかし「解釈」は、懐疑や慎重さを、さらには他者の声や差異への敬意を不可避的にともなう。既存のものの考え方を疑問視する能力も必要である。

つまり、「人文学」とは、全知全能の神ならぬ人間による人間的事象の解釈や認識にはつねに「盲点」や「偏り」が存在することを自覚し、その盲点や偏りをできるかぎり小さくしようと努める学問的営為に他ならない。そのために人文学は、解釈を模索する過程で、具体的な資料を踏まえつつ、先行する複数の解釈と真摯に対峙する作業を不可欠な手続きとして組み込んできた。みずからの認識の盲点を自覚し小さくするためには、自分と異質なものを自分の精神のなかに位置づけ、その立場に立って自我と対話する「自己内対話」（丸山眞男）であれ、自立的な個人同士の国際的な対話であれ、他者との対話が必要である。私自身、歴史学を専門とし、歴史学固有の作法に慣れ親しんできたが、他の学問分野を専門とする研究者との対話のなかで自分のものの見方が相対化される、つまり自分の認識が豊かになるという経験を何度もしてきた。本書に収録された諸論考も、そのような意味で「人文学」の豊穣さと意義を雄弁に伝えるものとなっていれば、とせつに願っている。

文学部がこれまで一貫して卒業論文を重視してきたのも、実は、このような人文学を学び実践してもらうためであった。卒業論文を書くことを通じて、たんに特定分野の既知の知識を量的に増大させるのではなく、みずから問題を提起し、その問題にかんする具体的な資料と複数の解釈をつきあわせながら、みずから「解釈」するという経験をもつことがきわめて重要だと考えたからであった。そのような人文学の実践によって、社会に出てからも解釈する市民、さらには解釈する世界市民であり続けてほしかったのである。

二〇一五年六月八日、国立大学の教員養成系と人文社会系の学部・大学院に「社会的要請の高い分野への転換」を指示する文部科学大臣「通知」が出された。この通知は、国立大学を直接の対象としていたが、短期的な実用化や効率性を旗印とする「改革」を補助金絡みで強いられている私立大学とも無縁ではない。実際、ここ成蹊の文学部でも、教員の物理的・精神的余裕が近年失われつつある。まさに「人文学」の危機というべき事態であり、日本の「知」の将来を考えると暗澹たる思いを禁じ得ない。だからこそなおのこと、ローザ・ルクセンブルクが手紙のなかでよく記していたように、「何があろうと、とにかくやはり（trotz alledem）」とみずからを勇気づけ、希望を語り続けねばならないのであろう。

成蹊大学文学部長　松浦義弘

人文学の沃野　目次

I

成蹊は人をつくる

久保正彰

井の頭線吉祥寺駅の改札口からエスカレーターに乗って降りる、と、その左側の上高くに掲げられている看板に刻まれている言葉。愕然として思わず頭を下げたまま、公園口に急ぐのが私のつねである。

昭和二十一年春、疎開先の讃岐高松から上京して、旧制成蹊の三年生に入れて頂いたのであるが、その後程無くして、私は登校拒否学生になってしまっていた。酷い負け方をしたあの戦争のあと、何も無かったかのような顔をして、昔通りの英数国などの授業をうけることが出来なかったのである。私は、戦に負けた国の学校から何も学ぶものがないとすれば、せめて戦に勝った国の学校で勉強したいと思い、自分勝手に留学の準備に熱中して、日比谷のアメリカ文化センターに日参するという、滅茶苦茶な道を選んでいた。

只一つ成蹊で学びたいと願った学科はドイツ語であったが、三年生の教科にはドイツ語はない。私は、倉石五郎先生をお訪ねして、個人指導をお願いしてみたが、そう簡単にお引き受け下さる訳が無い。先生のお弟子筋のドイツ語の先生がたのお名前と住所を二、三お教え頂いたが、何れもみな戦災のため旧住所にはお住まいではない。戦後どこに越されたかもわからない。それでは仕方がないか、と先生は一週間のうち、三十分だけ私のわがままにつきあって下さることを承知された。教科書を買ってくるようにと、四谷の書店を指示されたのだが、それは今の四谷駅の南側に広がっていた、当時はまだ荒涼たる焼け跡の、何処かであったことは判っても、書店と思しき物陰はどこにもみあたらない。そのあたりを歩き回るうちに、トタン屋根で覆われた塹壕のようなスペースに沢山の本が並べられている場所に行き当たった。そこが、先生が指示された出版社の名残であった。二冊の薄い文法書を持って塹壕を這い出したことが昨日のことのように思い出される。

先生に一週三十分の添削をお願いする為に自分が繰り返し何十日もの朝晩をドイツ語の練習問題のために費やす破目になろうとは、中三の私には最初は想像もつかなかった。赤鉛筆で真っ赤に印のついた回答紙を私に返されながら、「これでしまいか?」と言うようなお顔をされて、先生は、誤りを全部直して来週持って来なさい、と言われた。つまり、誤りの指摘は他人にしてもらっても良い、だが、正しい道は自分で見付けるほかない。それが倉石先生の一貫したおしえであった。しばらくの月日が経過して、或る日先生からお尋ねをいただいた、君は何のために、そのようにがむしゃらにドイツ語ばかり勉強しているのかね。私の答えは中三らしく、この上なく単純なものであった。『詩と真実』の中の、〝美しき魂の告白〟をドイツ語で読んで判りたいと思うからであります、と。私は先生のお叱りを覚悟でそのようにお答えしたのだったが、なんと先生は、あはは、と笑われて、よし、では来週からそれをやろう、とおっしゃったのである。先生の笑顔を拝したのは、私にはこれが初めてのことであった。

五十年昔、成蹊大学に文学部が創設され、金子武蔵先生から英語の教師として其処に参加するようにという有難いお誘いを頂いた折りに、是非ともお役に立ちたいという勇気を私に与えて下さったのは、上に記した倉石先生の笑顔であった。私が登校拒否中学生であった頃、倉石五郎先生から賜った学恩であったという思いが、今もなお深い。最後にもう一つ、先生から頂いて、今もなお大切にしている宝物に触れておきたい。それは、北欧ルネサンス書体とも呼ばれている、上下に長く延びたドイツ語の筆書体であり、それを倉石先生から厳しく教わった。ところが、私が六十を過ぎてから、二〇年以上ものあいだ、夢中になって取り組んだ十七世紀オランダのユトレヒトのギリシヤ学者、ヤコブス・ホイエルのペン書体が、それに酷似した書体であった。それに触れることは、私個人にとって、思いがけない〝甦り〟ルネサンスの喜びであった。

何時、何処で、何に出会うか、予測のつかないのが文学研究の道であるとすれば、成蹊大学文学部においては、これからも道ならぬ道をがむしゃらに突進しようとする若者たちのために、道しるべとなる明星がいつまでも輝き続くことを、心から祈りたい。

学びと理解の場としての大学と人文学

見城武秀

「たとえば知性というものは、すごく自由でしなやかで、どこまでもどこまでものびやかに豊かに広がっていくもので、そしてとんだりはねたりふざけたり突進したり立ちどまったり、でも結局はなにか大きな大きなやさしさみたいなもの、そしてそのやさしさを支える限りない強さみたいなものを目指していくものじゃないか……」

（庄司薫『赤頭巾ちゃん気をつけて』）

「してはいけないやり方で、子供のように手探りで、謎かけを解くように彼らは進んだのである。……この侮蔑されている謎かけ方式《メソッド》こそ、人間の知性がそれ本来の力を獲得する、知性の真の運動ではないだろうか。」

（ジャック・ランシエール『無知な教師』）

1　人文学と大学をめぐる危機

第二次世界大戦後のアメリカを代表する人文学者の一人であるエドワード・サイードは、ヒューマニズムと批評を主題とする著作のために古今東西の資料に目を通すなかで、「誰がどこで、いつ、誰に対して書き、話そうと、人文科学はつねに極度の、たいていは末期的な困難にあえいでいるように見えるという発見」(1)をしたという。サイードが言うとおり人文学がつねに危機の言説のなかにおかれてきたとすれば、それはなぜか。また人文学はどのような危機にさらされてきた／いるのだろうか。

二〇一五年六月八日付で文部科学大臣から国立大学法人学長らにあてて発出された通知は、現在大学で人文学が置かれている状況を象徴的に表すものであった。以下の一文は多くの大学関係者の間に大きな波紋を呼んだ。

特に教員養成系学部・大学院、人文社会科学系学部・大学院については、一八歳人口の減少や人材需要、教育研究水準の確保、国立大学としての役割等を踏まえた組織見直し計画を策定し、組織の廃止や社会的要請の高い分野への転換に積極的に取り組むよう努めることとする。(2)

もっとも、この通知は結果として、人文学をはじめとする「文系の学問の危機」より、「文系の学問の危機に対する危機感」の広がりを強く証することになった。メディアがこれを「国立大学の文系学部解体の危機」として報じたことにより巻き起こった議論の多くは、通知の内容を批判するものだったからだ。

これら一連の騒動については、すでに吉見俊哉や室井尚らが、国立大学改革の大きな流れの中でその意味を読み解く作業をおこなっている(3)。国立大学は二〇〇四年の法人化以降、六年ごとに中期目標・中期計画を策定することが義務づけられた。今回の通知は、二〇一六年度からはじまる第三期中期目標・中期計画の策定に向けて文部科学大臣が組織および業務全般の見直しの方向性を示したものだった。策定された中期計画については国立大学法人評価委員会がその達成度を評価し、その結果に基づいて国立大学の基盤的経費である運営費交付金の配分が決定される。しかも運営費交付金の総額は法人化以降毎年一％程度ずつ削減され続けており、小さくなっていくパイをめぐって各大学が熾烈な競争を繰り広げている。勢い、中期計画は文科省の方針に沿ったもの、限られた期間で成果を示しやすいもの、「社会的要請」に応えるものになっていく。運営費交付金の削減によって重要性を増してきた競争的資金の獲得についてはこの傾向がさらに顕著であり、こうした競争で理系にくらべ劣勢に立たざるを得ない文系の学問分野には、組織や業務全般にかんする見直しへの圧力が強くかかり続けてきた。その意味では、二〇一五年六月八日の通知は単なる現状の確認に過ぎなかったのであり、まさにそれゆえに、現状にたいする関係者の危機感を一層強く煽ったのだといえよう。

ここで注目したいのは、こうした事態を通じて関係者の危機感を煽った文科省もまた、国立大学の現状への強い危機感を表明していることである。通知に対する大学内外からの強い反発に直面し、文科省は通知への「誤解」を解くための策を講じていった。そのひとつとして文科省の高等教育局長が通知の「本意」を説明するために日本学術会議幹事会で配布した文書には、[4]社会を取り巻く環境の激変がもたらす諸課題や不安の解決に貢献することが国立大学の使命であり、そのために大学は自己変革をしなければならないと切迫した調子で書かれている。そして「世の中の流れは予想よりはるかに早く、将来は職業の在り方も様変わりしている可能性が高い」ことを示すために以下のような「分析」が紹介されている。

> ……近未来に対して三人の学者による次のような分析がある。「子供たちの六五%は、大学卒業後、今は存在していない職業に就く」(キャシー・デビット《ママ》ソン氏、ニューヨーク市立大学大学院センター教授)、「今後一〇~二〇年程度で、約四七%の仕事が自動化される可能性が高い」(マイケル・A・オズボーン氏、オックスフォード大学准教授)、「二〇三〇年までには、週一五時間程度働けば済むようになる」(ジョン・メイナード・ケインズ氏、経済学者)[5]。

だが、これら三つの「分析」の引用はそれぞれ異なる仕方で、大学が長い時間をかけて形づくってきた議論の作法、大学という「人間の活動のひとつのあり方（a manner of human activity）」[6]を無視しているのである。第一に、ここでキャシー・デビッドソンのものとして紹介されている「分析」について、デビッドソン自身は著書の中で以下のように言及している。

ある推定によれば、今年小学校に入学する子どもの六五％は最終的に、現在まだ生まれていない職業に就くことになるだろう。[7]

デビッドソンがこの文に付している注では、「ある推定」の出典はあるウェブサイト上のページ[8]に引用されているアメリカ労働省の研究結果である。ただし、二〇一六年十二月の時点でこのページを参照するかぎり、「子どもの六五％はまだ生まれていない職業に就く」という文言は見いだせない。またこのページには、そこで紹介されている内容がアメリカ労働省の刊行した「futureworks」という報告書の抜粋である旨が書かれている。しかし実在するのは「futureworks」ではなく「futurework」という報告書であり、[9]そのPDF版に「子どもの六五％はまだ生まれていない職業に就く」という文言は見いだせない。つまり「今年小学校に入学する子どもの六五％は最終的に、現在まだ生まれていない職業に就くことになるだろう」という推定はそもそもデビッドソンによる孫引きであり、しかもその大元となる出典が不明瞭なのである。

第二に、マイケル・A・オズボーンのものとして紹介されている「分析」はオズボーンとカール・ベネディクト・フライとの共著論文中のもので、この論文の第一著者はフライである。[10] 分析主体に言及する際には「フライとオズボーン」もしくは「フライら」、せめて「オズボーンら」とすべきであろう。

第三に、ジョン・メイナード・ケインズによる「分析」は、ケインズが世界恐慌直後の一九三〇年に発表した論文において百年後（つまり、二〇三〇年）の世界を予測したものである。[11] しかもケインズが「週一五時間」という労働時間に言及したのは以下のような文脈においてだ。世界的不況のただ中にあって私たちは経済について極度の悲観論にとらわれている。しかし西欧では近代以降、急速な資本の蓄積と科学技術の発達によって生活水準が著しく向上してきた。今後も製造業、運輸業、鉱業、農業などで効率化が進み、わずかな労働で今以上の生産を達成できるようになるだろう。その結果、大きな戦争や極端な人口の増加がなければ、百年以内に人類は経済的な問題から解放され、かわりに十分な余暇をいかに使うかという問題が生まれることになる。だが、ほとんどの人間はありあまる余暇に耐えるだけの強さを持ち合わせず、何らかの仕事をもちたいと考えるだろう。そのためには、残された仕事をできるだけ多くの人が分け合う必要がある。一日三時間、週一五時間勤務にすれば、人間の弱さを十分満足させることができるのではないだろうか。

つまりケインズの議論において週一五時間とは「それだけ働けば済む時間」ではなく、「そもそも働く必要がない状況において、それくらいは働かないと人が満足できない時間」という意味をもっている。一九三〇年におこなわれた二〇三〇年の予測が二〇一五年の時点でどれほどの説得力をもつかは別にして、ケインズの議論の文脈とは大きく異なる文脈でこの「分析」を紹介することは、引用の範囲を大きく逸脱しているというべきである。

社会を取り巻く環境の激変という切迫した危機（crisis）の前では、自らの論拠にかんする批判＝批評（criticism）を放棄することも正当化されるのだろうか。ポール・クロストウェイトによれば、「crisis」と「criticism」はともに「分離する、判断する、決断する」などの意味をもつギリシャ語「krinein」から派生した言葉である。このことは、決断を迫られるような情勢としての危機と、識別し、洞察し、評価する営みとしての批判＝批評とが起源において結びついていることを示している。[12]だとすれば、批判＝批評を欠いた危機意識はその切迫感とは裏腹に、危機に真正面から対することを避けているともいえるだろう。

とはいえ、「文科省のいう危機は大学関係者の危機意識を煽るためのレトリックである」と切って捨てることは許されない。サイードは「人文学者に課せられた仕事は、ただ或る地位や場所を占めてどこかに属することではなく、むしろ自分の社会や誰か他の人の社会や『他者』の社会で問題になっている広く流布した考えや価値観に対して、インサイダーであり、かつアウトサイダーであることだ」ともいう。[13]人文学は批判＝批評の作業をその核心とする以上、臨界（critical）の知、危機の知でもあるのだ。だからあらためて問おう。現在人文学、そして大学が危機のなかにあるとすれば、それはいかなる危機なのだろうか。この問いに答えるための手がかりとして、近代大学の成立過程における人文学と国家の、文化を媒介とした密接な関係に目を向けることにしよう。

2　国家・文化・人文学

人文学と国家との関係はしばしば対立的に語られるが、近代大学の成立過程を見るとき、それはむしろ相補的とも言うべき関係にあった。近代大学の祖とされるベルリン大学設立のきっかけは、プロイセンがナポレオンの率いるフランス軍に敗れ、莫大な賠償金とエルベ川以西の領土を失ったことだった。このとき領土と一緒にハレ大学をはじめとする多くの大学が失われたのに対し、ハレ大学の教員らが国王フリードリヒ・ヴィルヘルム三世に対して大学のベルリン移転を求めた。これに対し国王は、「国家は物質的な力において失ったものを、精神的な力によって取り戻さなければならない」と答えたという(14)。

ベルリン大学創設の理念を構想するにあたって大きな役割を果たしたのが、当時プロイセンの宗教・公教育局局長の職にあったヴィルヘルム・フォン・フンボルトである。曽田長人によれば、ナポレオン戦争における敗北は一八世紀末からはじまっていたプロイセンの教育改革を促進することになったが、その際に重要な意味をもったのが人文主義（Humanismus）であった。フンボルトはこの教育改革において、「初等・中等・高等の全教育レベルを一つの持続的な全体と見なし、新人文主義の教養の構想を具体的な学校改革計画の基礎とした(15)」からだ。これらの改革を通じて、人文主義の中心をなす古典教育を通じた若者の教養＝陶冶（Bildung）がいまだ領邦国家に分裂していたドイツの国民形成の契機として位置づけられた。とはいえフンボルトにとって、大学は単に国民形成を通じて国家に奉仕するだけの機関ではなかった。彼はまた「孤独と自由」、すなわち国家権力をはじめとする外部からの干渉を受けない研究と教育の自由を「研究と教育の統一」とともに大学を主導する原理として掲げた。自由な研究、自発的に生み出される学問を通じて内発的に育まれた性格や行為こそ教養＝陶冶の果実であり、国民としてふさわしい精神を形づくると考えられたのである(16)。

このようなフンボルトの大学理念がもつ意味は、フンボルトに影響をあたえたカントの大学論と比較したとき、より明瞭になる。カントは晩年の著作『諸学部の争い』において、中世以来の大学を構成していた四学部の内、「上級学部」である神学部・法学部・医学部と「下級学部」である哲学部それぞれの学問上の権利を論じている(17)。神学部・法学部・医学部はそれぞれ「永遠の幸せ」、「市民的な幸せ」、「身体的な幸せ」とかかわり、国民生活と密接に結びついているから、国家は国民の福祉を実現するため、これらの学部を直接の支配下におく。これにたいし、哲学部は真理の探求をその目的とし、国民生活とは直接の関係をもたない。そこで国家はこれを学者の理性、すなわち思考一般の原理にしたがって自由に判断する能力にゆだね、その自律性を保障すべきである。その上で下級学部である哲学部は、上級学部の諸学問にたいし、その学説の真理性を理性によって批判的に吟味するという形でかかわる。こうした議論からうかがわれるのは、

「特定の政府に従属した特定の国民の支配なのではなく、いわば、理性の法のもとに、国民国家の枠組みを超えて、みずから判断をする自律の能力を備えたコスモポリタンとしての市民（Bürger）の姿であり、カントの大学論においては、大学とは、そのような人材を生み出すべく学問の発展を推し進める場」[18]なのである。

領邦国家にわかれ政治的統一を果たさぬままフランスに敗れたドイツにおいて、ベルリン大学にはじまる近代大学はカントの大学論の影響を受けながらも、国民国家の枠組みを超えるのではなく、国民国家の形成を推進する役目を担うことになった。ビル・レディングズによれば、その過程で重要な役割をはたしたのがドイツ観念論とその文化概念である。カントにおいては自然と理性が二律背反の関係におかれていたが、これに続く観念論者たちは、歴史と結びついた文化を媒介することで「自然状態」から「理性状態」へと、自然を完全に破壊することなく移行できると考えた。文化は有機的統一体としての知識の学問的探究の所産であり、同時に教養＝陶冶を通じて人格が形成されていく過程でもある。近代大学はこのような文化の働きを体現することにより、「自然状態」から「理性状態」への移行を仲介する[19]。

しかしこのことは、大学が理性の探究と結びついた理念性、普遍性と、現実の探究と結びついた経験性、特殊性との間の絶えざる緊張のなかにおかれることを意味する。この緊張が生み出したのが、近代大学を主導した「孤独と自由」、「研究と教育の統一」、「教養＝陶冶」という原理だったといえるだろう。シェリングが一八〇二年にイェーナ大学でおこなった大学と学問にかんする講義は、この点について多くの示唆をあたえてくれる[20]。

シェリングは、大学は国家の機関であり、国家が規定するようなものでなくてはならないと明言する一方で、「大学は国家のために、国家の僕を、国家の意図の完全な道具に仕上げなくてはならぬ」という「通俗的な見方」を否定する。なぜなら、学問を国家にとって有用な国民を育てるための手段へと引き下げるなら、普遍性や有機的全体の認識という性格が失われ、そもそも学問ではなくなってしまうからだ。さらに、国家が学問にかんしてある種の節度を求めたり、学問を日常的なことや有用なことのみに制限したりするならば、教師から理念にしたがって学問を完成しようとする意欲を奪ってしまう。つまり、国家が学問を自らに役立たせようとして介入することは角を矯めて牛を殺すようなもので、学問を学問ならざるものに変えてしまうのである。したがって、学問の果実を国家のためにも有用なものとするためにも、国家は大学と教員の自律性、フンボルトのいう「孤独と自由」を保障しなくてはならない[21]。

「研究と教育の統一」はどのような意味をもつだろうか。シェリングは、大学は単なる知識の伝承の施設だという考えにたいし、学問をその豊かさにおいて伝えるためには過去あるいは現在においてその学問を生み出した人の工夫を自分自身で繰り返してみることが必要だという。それができるのは「学問をことにあたっていつでも己のうちから新たに創り出すこと」ができる者のみである。大学の講義においても「到達した結果を開陳することではなく、……それに到達すべき仕方そのものを示し、そして常に学問の全貌を、いわばはじめて学生の眼前に彷彿せしめる」

ことができなくてはならない。[22] 学ぶ側についても、「本当の摂取同化は己自身への内面的転化なしには不可能である」から、根本規則は「自ら創造せんがためにのみ学習せよ」となる。さらに「生産というこの神的な能力によってのみひとは本当の人間たるのであって、その能力なしには単に精巧にできた機械にすぎぬ」というのである。[23]

「知識を生み出す主体―知識を生み出す働き―生み出された知識」という三者関係においてとらえるなら、「研究と教育の統一」とは「知識を生み出す普遍的な働き＝理性」を最も重視する態度といえるだろう。その結果、「生み出された特殊な知識の獲得量」における教員と学生との相違よりも、理性の絶えざる研鑽として研究と教育の一致が強調されることになる。こうした研鑽を通じて「知識を生み出す主体」が育まれていく過程が「教養＝陶冶」（Bildung）である。「教養＝陶冶」が経験と特殊性ではなく、理性と普遍性を志向し、人文学を重視するのもこの文脈においてだ。シェリングは「一定の仕事にばかり従事していて、一般的教養という普遍的な仕事を忘れ、りっぱな法律学者や医者になろうと努力していて、それより遥かに大切な学者一般の使命や、学問によって高められた精神の使命を忘れる」者にたいして、「人間の全人格を感動させ、その本性を全面にわたって感化する哲学は、精神を一面的教養の拘束から解放し、これを普遍者と絶対者の境に高めるにいっそうふさわしい力をもっている」という。[24]

だが、「知識を生み出す働き」と「生み出された知識」はそもそも分離することが可能なのだろうか。知識を生み出すために理性が働きかける経験の特殊性が、逆に理性の普遍性を制約するという事態は起こりえないだろうか。さらに特殊性にとらわれた理性による「教養＝陶冶」を通じて、「コスモポリタンとしての市民」ではなく「国家の民」が生み出される可能性はないのだろうか。

レディングズによれば、近代大学が誕生後にたどったのはまさにこの道だった。大学を統制する理念が理性から文化へと移行することで、大学は一方で歴史的存在としての国家の文化的意味の探求を、もう一方でそうして見いだされた国家的、文化的アイデンティティの潜在的担い手たる国民の道徳的訓練を同時に引き受け、国民国家との結びつきを強めていった。一九世紀から二〇世紀にかけて、人文学の中心的学問分野が哲学から国民文学へと変化していったのはその象徴である。この時期の科学技術の発達は「科学技術がもたらす実用的・断片的知識」対「有機的統一体としての包括的知識」という新たな、産業社会一般に成り立つ対立を生み出した。イギリスのジョン・ヘンリー・ニューマンは後者を知的文化と呼び、その獲得を目的としておこなわれる教養教育は知識の生産と個人の教育の両方に適用されると述べる。しかしながらニューマンが知的文化の探究の担い手と考えるのはもはや哲学ではなく、国民文化の有機的統一体である国民文学なのである。「紛れもなく国民特有なものである文学」が、「所産および過程としての、つまり、全体的目標と個人の教化としての文化の二重の意味を統合する」役割を果たすことになった。[25]

こうして国民国家と文化と人文学の円環は閉じたように見える。しかしながら物語はここで終わらない。レディングズの診断によれば、現在私たちが直面しているのは国民国家という枠組みが揺らぎつつある事態、大学の統制原理が文化から「エクセレンス」へと移りつつある事態だからである。このような変化は大学や人文学にとってどのような意味をもつのだろうか。

3　学びの場としての大学

グローバル化の波は大学にもおよんでいる。ヨーロッパで一九九九年にはじまったボローニャ・プロセスでは高等教育制度の国際的競争力を高めるため、各国で異なっていた学位制度を学士・修士・博士に統一するなど、すでに着手されていた共同学習事業や単位互換制度の枠組みを超える形で各国の教育制度を収斂し、カリキュラムを標準化して学生・教員の流動性を高めてきた。こうした教育面での改革は、ヨーロッパの知識基盤経済化を進めることで経済面での国際競争力を高めようとするリスボン戦略とのかかわりを深め、「ボローニャ・プロセスの枠組みで整備された質保証制度は、リスボン戦略が目的とする大学の卓越性の追求にも用いられる」といった事態が進行している。[26] このような一連の過程の中で、競争原理の導入や大学運営への外部理事の参加など、日本でもお馴染みの改革が進められてきた。[27] こうした流れは、おおむね大学のアメリカ化と呼べるものである。

だがグローバル化という名のアメリカ化は、アメリカという国家による世界の支配というより、「アメリカ的国家概念がもつ内容の不在性」の地球的規模での現実化、「金銭的結びつきやエクセレンスの空虚性」の拡散と見なすべきだとレディングズはいう。[28]「エクセレンス」は、国民国家の揺らぎによって規範性を失った「文化」という理念に代わる大学の統制概念（エクセレンスは「理念」ではない）である。エクセレンスという言葉は指示対象をもたない。まさにそれ故に、大学のカリキュラムとキャンパスの駐車環境の改善を同じエクセレンスという言葉で語ることが可能になる。[29]エクセレンスは研究、教育、管理運営など、大学のあらゆる活動を統合的に評価する指標として機能するのである。重要なのは、「エクセレンスが何かを誰も知らないということではなくて、エクセレンスが何であるかについてすべての人が自分なりの考えを持っているということ」であり、「一度エクセレンスが、一つの組織原理として一般的に受け入れられるやいなや、異なる定義について議論する必要がなくなる」ことである。こうしたエクセレンスの融通無碍さは制度に脅威を与えることなく革新を進めること、多様性を実現することを可能にする。[30]その結果、大学案内では各大学がこぞって、自分たちのユニークさをまったく同じような口ぶりで説明するといった事態が起こる。[31]

エクセレンスを評価基準として運営される大学は、もはや国民国家をその保護者としてもたない。そもそも国民国家が揺らいでいるからこそ、文化という理念にかわってエクセレンスが大学の統制概念になったのだ。この変化にともない、近代大学の出発点における「孤独と自由」および「研究と教育の統一」という主導原理もその存立基盤を失うことになった。エクセレンスのもとに教育・研究・管理運営のすべてが計量化され、標準化され、効率性と説明責任を問われる大学は、国民国家の文化的イデオロギー装置から、相対的な独立性をもつ官僚的制度へと変化した。(32) 一九世紀はじめにシェリングが大学の学問の論理と国家の論理の根本的違いを論じ得たのにたいし、現在両者を動かす機構ははるかに似通っており、その間に「孤独と自由」という防塁を設けることは意味を失っている。国民国家の基盤が緩むのと反比例して、国家による大学への介入が強くなる。先に見たように、これは世界的な傾向である。

「研究と教育の統一」も理念性を失いつつある。業績や教育への評価が数値化され、標準化されていくなかで、フンボルトやシェリングの時代に最重視された「知識を生み出す働き」に代わり、教員は業績を生み出すことを優先するよう駆り立てられる。知識を生み出すことは教員と学生の双方にとって理念となり得るが、業績を生み出すことは研究者、あるいは研究者志望者にとってしか意味をもち得ない。こうして「研究と教育の統一」という理念が失われるとき、教員にとって教育は研究のための「お荷物」となりかねない。

もちろん「孤独と自由」も「研究と教育の統一」も理念であって、現実の大学において実現されたことはほとんどなかった。近代大学のモデルとなったドイツの大学がその絶頂期であった一九世紀末から二〇世紀前半にかけてたどった道筋は、現在日本の大学がたどりつつある道と似通って見える。潮木によれば、一九世紀末からドイツの学問の世界的評価が高まると研究者志望の若者が急増したものの、優秀な若手研究者に対するポストの過少によって競争が激化していった。私講師や助手を務めながら研究にはげんで優れた業績をあげても、身分の安定した正教授になれない者が多く出た。大学も「一分野一正教授主義」をとっており、学生数の増加や学問の専門分化に対応できなかった。「大学は既成の学問の既得権擁護の組織となり、新たな分野の進出を拒む保守的な機構となった。かくして新たな分野は、大学の外に活動舞台を求めるほかなかった」と潮木はいう。その結果、大学の外に研究所が設立される一方で、大学内では教授一人当たりの学生数が上昇し、教育条件と学習条件が悪化した。また科学の高度化にともなって実験室や研究所の規模が拡大し、一人の正教授のもとに分業して実験作業をおこなう体制が確立されると、教授には予算を獲得するための政府との交渉力と、その交渉力を裏づけるための業績が求められる一方、学生や若手研究者たちには細分化された研究課題を機械的にこなす作業が求められるようになった。こうして「教師も学生もともに知識の前では同格である」というフンボルトの理念は建前としても通用しなくなったのである[33]。潮木はまた、大学院教育を重視するアメリカ型研究大学の嚆矢とされるジョンズ・ホプキンス大学で、創立当初から研究と教育が両立していなかったことも指摘している[34]。

このように「孤独と自由」も「研究と教育の統一」も、現実の大学のなかに実現された姿を見いだすことはきわめて難しい。しかし、理念は経験から切り離されることにおいてまさに理念として機能する。エクセレンスの時代はそもそも大学の理念が成立し得ない時代であるという点において、理性の時代および文化の時代とは一線を画している。エクセレンスが大学の隅々まで浸透し、標準化と計量的な評価が教育・研究・管理運営のすべての局面をおおっていくことで、大学は外に対しても、内においても、競争の度合いを強めていく。エクセレンスという共通通貨によって計られることで大学や学部の個性が均されていくのと裏腹に、大学間や学部間、そして一大学内での学生、教員、職員、経営者間の軋轢は増していく。国民国家の揺らぎとグローバル化の進行という大きな流れのなかで、大学はボーダーレス化すると同時にその内部に亀裂を抱え込み、それが決定的なものにならないよう耐えていくしかないのだろうか。おそらくはそうなのだが、「研究と教育の分離」が進み、「教える者と教わる者との共同体」の成立基盤も失われつつあるとすれば、教育機関としての大学は企業や研究所と違う、どのような場であることができるのだろうか。研究と教育の分離を前提としながら、学生と教員に等しく適用される原理はありうるのだろうか。ここではジャック・ランシエールが『無知な教師』で展開している議論に拠りながら、「『理解すること』を通じた研究と教育の媒介」の可能性を考えてみたい。

ランシエールは奇妙なエピソードから話を始める。一九世紀はじめにルーヴェン大学でフランス文学の講師をしていたジョゼフ・ジャコトはフランス語を解さない学生たちにフランス語を教えなければならなかったが、自分自身は学生たちの使うオランダ語を解さなかった。そこでジャコトはフランス語の原文とオランダ語の対訳が載っている『テレマックの冒険』を学生達に渡し、翻訳を見ながらフランス語の原文を覚えるよう通訳をとおして指示した。その後、学生たちに本についての考えをフランス語で書く課題をあたえたところ、学生たちはうまくフランス語の文章を書いたというのだ。つまり、ジャコトは学生たちにフランス語について何の説明もしなかったのに、学生たちはフランス語を学び、理解したのである。

この事件によってジャコトは、教師の仕事は生徒に自分の知識を伝え、説明することで徐々に知識を身につけさせることだという常識的な教育観を捨てることになる。教師は生徒が無知だから教えると考える。そのことによって教師は、教師と出会うまでは手探りで学んできた生徒に「無知というヴェール」を投げかけ、筋道を立てた「説明」をおこなった後で生徒が理解したと判断すればそのヴェールを取り払う。こうして教師は、「説明」によって生徒が無知な状態から理解した状態へと変化したと見なすが、それは単に生徒の知性を「人が説明してくれなければ理解できないと理解するという喪の作業」に服従させているだけなのだ[35]。

ここからランシエールは、学ぶこと、理解することは翻訳すること以外の何物でもないという。ここで翻訳とは、自分の考えを他人の言葉を使って言う能力を指す。ジャコトの学生たちが『テレマックの冒険』を通じてフランス語を習得したときに用いた知性は、母語を習得した際に用いた知性と同じである。つまり、「観察し、記憶にとどめ、繰り返し、確かめ、知ろうとすることをすでに知っていることに照らし合わせ、行動し、行動したことについてよく考えること」を通じて習得したのだ。教師はこうした方式を体系的でない行き当たりばったりのやり方として避ける。しかしランシエールは、「この侮蔑されている謎かけ方式《メソッド》こそ、人間の知性がそれ本来の力を獲得する、知性の真の運動ではないだろうか」と問うのである[36]。

ランシエールは、「理性的な二人の存在が意思の疎通を行おうとするあらゆる状況においてはたらく原動力」を以下のように説明する。

二人の無知な者が、彼らが読む術を知らない書物と関係を持つことで、思考を言葉に、言葉を思考に翻訳し、そして翻訳し返す［contre-traduire］ための絶え間ない努力が極限化されるだけのことだ。ここでその作業を統括している意志は、魔術師の秘策などではない。それは理解し理解されたいという欲求であり、それなくしてはいかなる人間も言語の物質性に意味を与えることは決してないだろう。「理解する」という言葉を本当の意味で解さなければならない。それは物事を覆うヴェールを取るなどというしようもない能力なのではなく、ある話者を他の話者に面と向かわせる、翻訳する力なのである。[37]

あらゆる発言は一つの翻訳であり、それが意味を持つのは、翻訳し返すこと、つまり聞こえた音や書き込まれた痕跡の原因でありうるものを考え出すことによってのみなのである。推し量ろうという意志が、あらゆる手がかりをたどって、一人の理性的な動物が自分に何を言おうとしているのかを知ろうとする。そしてこの理性的な動物の方では、この意志をもう一人の理性的な動物の魂とみなしているのである。[38]

このような関係が成立するには、「知る者と知らない者、知性の所有権を持つ者と持たない者との間の分割」を破棄し、すべての者の知性の平等を前提しなければならない。もちろん知性の平等はあくまでも前提、ひとつの仮定である。しかし、このような仮定をおくことではじめて可能になる学びや理解がある。(39) このような学びと理解を教育と研究のなかに部分的にでも取り込むことができれば、教育と研究の分離を前提としながらも、学生と教員が何かをともに学び、理解する場を作り出すことができるだろう。

学ぶこと、理解することを、等しい知性をもち異なる言語文化に属する者の間での翻訳をモデルとして見ること。その際に両者の知性がまったく同一であるかのように仮定すること。そのような「学びと理解の場」として大学を構想すること、もしくは大学のなかにそのような「学びと理解の場」を確保すること。エクセレンスの時代の大学のひとつの姿として、そんな可能性を考えてみることはできないだろうか。言語や文化、そして翻訳と深くかかわってきた人文学は、きっとそのモデルを提供することができるはずだ。

こうした議論はあまりにも現実味がなく、理念的すぎるだろうか。しかし、理念は現実と明確に区別されるからこそ理念なのではないだろうか。大学の理念が語られるのは多くの場合、大学が危機に瀕していると認識されたときである。だが現実という言葉の前に大学の理念が語られなくなるとすれば、それもまたひとつの危機なのではないだろうか。

終わりに

本稿で参照した『人文学と批評の使命』の原著（"Humanism and Democratic Criticism"）は、二〇〇三年に亡くなったエドワード・サイードが自ら完成させた最後の著作である。二〇〇六年八月に刊行された『人文学と批評の使命』は奇しくも、同年十月に急逝した村山敏勝が手がけた最後の訳書となった。一九九六年に成蹊大学文学部に着任した私が村山と同僚として過ごしたのが十年、そして村山に永別してから同じだけの時間が経ったことになる。

村山と私は着任年度も年齢も近く、住まいも近い時期があって、所属学科は違ってもよく話す間柄だった。研究、教育、学内運営などについて村山と話していると、独特の視点や分析の鋭さにいつも感心させられたものだった。文学部の現在や将来について話し合うときも、冷静な現状認識にもとづく前向きなビジョンをもつ村山にずいぶんと励まされた。いつだったか、おそらくは忘年会の後で夜遅く一緒に帰ったとき、お互いの家のすぐ側まで来ながら寒い中、文学部のあり方について一時間以上も議論したときのことが忘れられない。普段の飄々とした外見からはうかがえない村山の内に秘められた熱さが冷気をかき分けるように伝わってきたのを覚えている。もちろんこのようなことを言えば村山は、「まさか」と言って苦笑を浮かべるに違いないのだが。

村山の嬉しそうな顔、少しはにかんだ顔、冗談を言うときのいたずらっぽい顔、真剣な顔、カラオケで椎名林檎を歌うときの顔、それらが今でも彼の声とともに思い出されるのはなぜだろう。大学や人文学をめぐる現在の状況について、村山だったら何と言うだろうか。想像するが届かない。聞いてみたいがかなわない。

本稿を畏友村山敏勝に捧げる。

注

（1）エドワード・W・サイード『人文学と批評の使命―デモクラシーのために』（岩波現代文庫、二〇一三年九月（原本二〇〇六年八月））、四一頁。

（2）「国立大学法人等の組織及び業務全般の見直しについて（通知）」（二〇一六年五月八日取得、http://www.mext.go.jp/b_menu/shingi/chousa/koutou/062/gijiroku/__icsFiles/afieldfile/2015/06/16/1358924_3_1.pdf）。

（3）室井尚『文系学部解体』（角川新書、二〇一五年十二月）。吉見俊哉『「文系学部廃止」の衝撃』（集英社新書、二〇一六年二月）。佐和隆光『経済学のすすめ』（岩波新書、二〇一六年十月）。『現代思想：特集 大学の終焉―人文学の消滅』（二〇一五年十一月号）。

（4）文部科学省高等教育局「新時代を見据えた国立大学改革」（二〇一六年四月十一日取得、http://www.mext.go.jp/component/a_menu/education/detail/__icsFiles/afieldfile/2015/10/01/1362382_2.pdf）。

（5）文部科学省高等教育局「新時代を見据えた国立大学改革」。

（6）Oakeshott, Michael. *The Voice of Liberal Learning*. Indianapolis: Liberty Fund, 2001, c1989. 一〇六頁。

（7）Davidson, Cathy N. *Now You See It: How Technology and Brain Science Will Transform Schools and Business for the 21st Century*. Penguin, 2012, c2011. 一八頁。

（8）https://www.familyeducation.com/life/working-moms/changing-workplace

（9）https://www.dol.gov/oasam/programs/history/herman/reports/futurework/report.htm

（10）Frey, Carl Benedikt, and Michael A. Osborne. *The future of employment: how susceptible are jobs to computerisation.* 2013.（二〇一六年十二月八日取得、http://www.oxfordmartin.ox.ac.uk/downloads/academic/The_Future_of_Employment.pdf）。この論文は被引用回数が多いにもかかわらず刊行形態が不明瞭であり、引用された論文中での出典表記のされ方もまちまちである。

（11）ジョン・メイナード・ケインズ「孫の世代の経済的可能性」（『ケインズ説得論集』日本経済新聞出版社、二〇一〇年四月）。

（12）Crosthwaite, Paul (Ed.). *Criticism, Crisis, and Contemporary Narrative: Textual Horizons in an Age of Global Risk.* New York: Routledge, 2011. また、ラインハルト・コゼレックの『批判と危機―市民的世界の病因論』（未來社、一九八九年三月）、一一九頁も参照。

（13）サイード前掲書、一〇四頁。

（14）曽田長人『人文主義と国民形成―一九世紀ドイツの古典教養』（知泉書館、二〇〇五年二月）、一三三頁。斉藤渉「フンボルトにおける大学と教養」（西山雄二編『哲学と大学』未來社、二〇〇九年三月）、五二―五三頁も参照。

（15）曽田前掲書、一三〇頁。一八世紀末から一九世紀にかけてドイツを中心に花開いた人文主義を、ルネッサンス期のイタリアを中心とする人文主義との対比において新人文主義と呼ぶ。

（16）同書、一三二―一三四頁。潮木守一は、ドイツの歴史学者シルヴィア・パレチェクが提起した説を踏まえ、ベルリン大学創立時の教育研究理念がフンボルトに多くを負っていることと、それが「フンボルトの理念」として語られるようになったこととは区別して考える必要があるという。潮木守一『フンボルト理念の終焉？—現代大学の新次元』（東信堂、二〇〇八年三月）、vi頁、一九三—二二〇頁参照。

(17) カントの大学論については牧野英二「カントの大学論 『諸学部の争い』の現代的射程」（『現代思想』臨時増刊カント（一九九四年三月））、吉見俊哉『大学とは何か』（岩波新書、二〇一一年七月）、宮崎裕助「秘密への権利としての哲学と大学—カント『諸学部の争い』における大学論」（西山雄二編『哲学と大学』未來社、二〇〇九年三月）を参照した。

(18) 宮崎前掲論文、三八頁。

(19) ビル・レディングズ『廃墟のなかの大学』（法政大学出版局、二〇〇〇年六月）、八五—八七頁。

(20) フリードリヒ・シェリング『学問論』（岩波文庫、一九五七年一月）。

(21) 同書、三三—三四頁。

(22) 同書、三八—四〇頁。

(23) 同書四八頁。

(24) 同書一二頁。ここでシェリングが述べているのとほぼ同様の言葉が、異なる時代と場所で繰り返し述べられている。ジョン・ステュアート・ミル『大学教育について』（岩波文庫、二〇一一年七月）、一三—一四頁、ホセ・オルテガ・イ・ガセット『大学の使命』（玉川大学出版部、一九九六年十二月）、二七—二八頁、カール・ヤスパース『大学の理念』（理想社、一九九九年二月）、七六頁を参照。

(25) レディングズ前掲書、九三—一〇四頁。

(26) 大場淳「欧州高等教育再編と人文科学への影響」（西山雄二編『哲学と大学』未來社、二〇〇九年三月）、二〇七—二〇八頁。

(27) 広島大学大学院総合科学研究科編『世界の高等教育の改革と教養教育―フンボルトの悪夢』（丸善出版、二〇一六年二月）。
(28) レディングズ前掲書、四九頁。
(29) 同書、三二―三三頁。
(30) 同書、四三―四五頁。
(31) 同書、一六頁。
(32) 同書、一九頁。
(33) 潮木前掲書、二一六―二二〇頁。
(34) 同書、一四九―一五一頁。
(35) ジャック・ランシエール『無知な教師―知性の解放について』（法政大学出版局、二〇一一年八月）、三頁―一三頁。
(36) 同書、一四―一六頁。
(37) 同書、九五頁。
(38) 同書、九六頁。
(39) 同書、一〇七頁。

参考文献

Crosthwaite, Paul (Ed.). *Criticism, Crisis, and Contemporary Narrative: Textual Horizons in an Age of Global Risk*. New York: Routledge, 2011.

Davidson, Cathy N. *Now You See It: How Technology and Brain Science Will Transform Schools and Business for the 21st Century*. Penguin, 2012, c2011.
広島大学大学院総合科学研究科編『世界の高等教育の改革と教養教育―フンボルトの悪夢』丸善出版、二〇一六年二月
ヤスパース、カール『大学の理念』理想社、一九九九年二月
ケインズ、ジョン・メイナード「孫の世代の経済的可能性」『ケインズ説得論集』日本経済新聞出版社、二〇一〇年四月
コゼレック、ラインハルト『批判と危機―市民的世界の病因論』（未來社、一九八九年三月）
牧野英二「カントの大学論『諸学部の争い』の現代的射程」『現代思想』臨時増刊カント一九九四年三月
ミル、ジョン・ステュアート『大学教育について』岩波文庫、二〇一一年七月
宮崎裕助「秘密への権利としての哲学と大学―カント『諸学部の争い』における大学論」西山雄二編『哲学と大学』未來社、二〇〇九年三月
室井尚『文系学部解体』角川新書、二〇一五年十二月
Oakeshott, Michael. *The Voice of Liberal Learning*. Indianapolis: Liberty Fund, 2001, c1989.
大場淳「欧州高等教育再編と人文科学への影響」西山雄二編『哲学と大学』未來社、二〇〇九年三月
オルテガ・イ・ガセット、ホセ『大学の使命』玉川大学出版部、一九九六年十二月
ランシエール、ジャック『無知な教師―知性の解放について』法政大学出版局、二〇一一年八月
レディングズ、ビル『廃墟のなかの大学』法政大学出版局、二〇〇〇年六月
サイード、エドワード・W『人文学と批評の使命―デモクラシーのために』岩波現代文庫、二〇一三年九月

（原本二〇〇六年八月）

斉藤渉「フンボルトにおける大学と教養」西山雄二編『哲学と大学』未來社、二〇〇九年三月
佐和隆光『経済学のすすめ』岩波新書、二〇一六年十月
シェリング、フリードリヒ『学問論』岩波文庫、一九五七年一月
曽田長人『人文主義と国民形成―一九世紀ドイツの古典教養』知泉書館、二〇〇五年二月
潮木守一『フンボルト理念の終焉?―現代大学の新次元』東信堂、二〇〇八年三月
吉見俊哉『大学とは何か』岩波新書、二〇一一年七月
――『「文系学部廃止」の衝撃』集英社新書、二〇一六年二月

ショートターム的思考の呪詛に抗って

下河辺美知子

「文学部は役に立たない」のか？　これまでもこの問いは密かな声として我々の心の中にあったが、「役に立たない」ことに意義を見出す誇りもまた、人文研究の分野で共有されていたように思う。しかし、二十一世紀に入ったころから、「役に立つ」ことを証明せよという声が外部から届くようになった。現実社会の中で万人に認知される具体的な何かを提出することが求められるようになり、その成果を言葉や数字に置き替えろという要請がつきつけられるようになったのだ。

われわれは、文学部の意義を言葉に乗せて、文科省に提出する書類の空白を満たし、大学案内のパンフレットの中に潜ませた。そうしつつも空しい戦いを強いられていると感じたことも多かった。それは、先の問いが設定されてわれわれに向けられた時点で、それに対する答えはすでに用意されていたからだ。「文学部は役に立たない」と。

ならば、「文学部は役に立たない」という判定を受け入れた上で、こちらから問い返してみようではないか。「役に立つ」とは誰にとってなのか、何にとってなのかと。文学部で学ぶ学生自身にとってなのか？彼らを受け入れる会社にとってなのか？その会社が支える日本社会や日本という国家にとってなのか？それともこれだけグローバリゼーションという言葉が行き交っているならば、人類全体を考えてのことなのか？

これに対する答えがもたらされることを、私は期待してはいない。というのも「役に立つ」ことを要求する側が、実は「役に立ち方」について実感ある形を想定しているとは思えないからだ。そこにあるのは、ただ、自分たちの行為が、自分たちの目に見える結果として認識できることを期待する気持ち、つまり〝因果関係への固執〟だけなのだ。

こうして、文学部で行われる様々な営為は、文科省の政策のおかげであるとか、大学の新カリキュラムの成果であるとかといった脈絡につなげる欲望の餌食となり、時代の圧力の下で干からびたものになり果てる危機に直面する。政府も大学側もこぞって「役に立つ」学問を提供せよ、「役に立つ」学生を育てよとせまってくるが、そこにあるのは「役に立つ」ことを確認せねばならないという強迫観念だ。そして、この確認への要求は、権力を持つ側が、その権力によって支配しようとする側へ向けるとき、暴力的な破壊力を発揮することにわれわれはもっと意識的になるべきであろう。

☆

大学教育が「役に立つ」というとき、その前提として、入学前と卒業時において学生の中に変化があることが想定されている。知識の量、スキルの習得などなど。できればそれを数量化してグラフででも示せればよいのかもしれない。これまでは「文学部では数量化できないものを教育・研究しているのだ」と抗弁してきたが、それはもう意味をなさない。四年間、場合によっては授業評価のように数か月という時間で、学生にどのような変化をもたらすことができるのかとわれわれは問われているのだ。

現在の日本の大学教育・大学研究・大学運営はすべての面において因果関係への欲望によって支配されている。それは、政府の行政や大学運営と言った〝上から〟の圧力として文学部にのしかかってくるだけではない。文学部へ身を置いた学生たちの中にも、四年間という時間と授業料とを投資した結果を自分が測定できる数値ないしは効果として確認しようとする要求は存在している。情報が瞬時にもたらされるネット社会であれば、自分の行為の結果を直ちに確認できると思い込まされることは想像できる。また、資本主義経済が地球という球体を覆っている現在、われわれの日常の行為のすべてがお金の額という数字に変換されることに慣れ、その結果、自分の感性より数字に置き替えられた結果のほうがリアルであるという錯覚が世間にゆきわたったことも納得できる。こうした事態すべてがもたらしたもの、それが、ショートスパンでものを見るという強迫観念であり、それは、現代社会の呪詛として人間のあらゆる行為の中に浸透しているのである。

ショートスパンで見るという思考の形態は、因果関係を自分でつかまずにはいられないという現代の心の病である。そして、さらに深いところには、自分の行為とその後到来する事態の間には因果関係があるはずだ／あるべきだという現代人の幻想がある。

文学部は古今東西、このことに対して異議をとなえ、このことへの懐疑を活性化する機関であったことをここで再確認したい。人類の営みを通時的に見るとき、因果関係は決して一つのものとして確定できないこと。ましてや、一人の人間の意識が及ぶ時空間―四半期だとか、一タームだとか、四年間だとか―の間に自分のなしたこととその結果をつなぐ因果関係をつかみ取ることなどできないこと。

こうしたことは、文学テクストに描かれた人間や社会の〝運命〟や〝宿命〟がいかに理不尽なものであるかを見ればわかるであろう。そもそも、人間の人生や共同体の成り行きに因果関係が支える筋書きが設定できるというのは、政治家や学者が自らの行為に権威を付与するために世界にばらまいた幻想である。人文研究とは、科学（サイエンス）であると同時に、科学的因果関係そのもののからくりを透視する学問であったはずだ。われわれの誇りは、人文研究がメタレベルの学問であるということにある。

☆

一九八〇年代になって脱構築批評がアメリカで盛んにおこなわれるようになる。批評とは論じたり分析したりする行為であるが、脱構築にかんしては、〝おこなう〟という言い方が適切であろう。世界の知的・政治的・文化的システムそのものに対して自分はどのように対処するのかという声明ともとれる声が、脱構築の批評家たちから届けられたからである。

その中でバーバラ・ジョンソン（ハーバード大学教授　二〇〇九年没）は、ポール・ド・マンはじめ、いわゆるイェール・マフィアとよばれる批評家たちの次の世代にあって、明晰なレトリックによって文学テクストを分析し難解な脱構築理論を華麗に実践してみせたことで際立った存在となっている。彼女の第一作『批評的差異：読むことの現代的修辞に関する試論集』（原書一九八〇年）の日本語訳が近頃出版された。三十六年も前の著作ではあるが、二十一世紀の今だからこそ受け取ってほしいメッセージが込められていたことが新たに確認できる。

ジョンソンは「緒言」の中で、この本全体にわたる関心は「文学ないしは理論の中で未知のものが立ち働いているということの重要性」にあると言っている。知らないことがあるという事態にたいして脱構築理論はとりわけ意識的であったが、最も明晰なテクスト分析でめくるめくようなレトリックを駆使するジョンソンが「未知」について語ることの重さを今更のように感じる者も多い。彼女からのメッセージは以下のようなものである。まさに今、文学部に向けて送られた言葉のように聞こえてくる。

文学がしばしばわれわれに語っていると思えるのは、未知のものが未知のものとして見られていない、という事態がもたらすさまざまな帰結である。（『批評的差異』xiv）

人の心に、そして社会の認知システムの中に、「知らないことを知らない」という事態があるという意識を呼び起こすことの重要性とむずかしさ。これがジョンソンからのメッセージであり、彼女はそのことを伝える責務を文学という場に託したのである。

☆

これまで文学部についてのみ語ってきたが、「役に立つ」という指標は今や、その他の領域の学問にもはびこり始めている。生命科学の領域は、われわれの生命にとって直接かかわる成果が期待できるという意味で「役に立つ」学問の筆頭であってもおかしくない。ところが、この分野もショートスパンの呪詛にしばられているのである。

二〇一六年のノーベル医学生理学賞を受賞した大隅良典氏は、受賞会見において「役に立つ」という言葉の使い方について発言している。

私は「役に立つ」という言葉がとっても社会をだめにしていると思っています。数年後に事業化できることと同義語になっていることに問題があります。本当に役にたつことは十年後、あるいは百年後かもしれないからです。（二〇一六年十月三日夜）

ショートスパンで確認できる成果に直結させるという意味で、大隅氏は生命科学の分野で最もわかりやすい例として「事業化できる」というものを挙げている。自分の研究を経済における因果関係で把握しようとする動きがこれである。さらに、大隅氏は、「これをやったら必ずいい成果につながるというのは難しいが、そういうことにチャレンジするのが科学的精神だろうと思っている」と語り、科学者としての自分のこれまでの研究態度が「サイエンスはどこに向かっているのかわからないのが楽しい」からやってきたと振り返っている。データが支配する生命科学の分野は、自分の研究方法とその結果との間の因果関係が最も先鋭的に見えてくる領域であると思われている。しかし、その世界で長年やってきた大隅氏自身が、結果を支配する因果関係を求めず、どこに向かうかわからない時間を科学者の楽しみであると述べていることにわれわれは注目すべきであろう。

☆

ショートターム的思考の呪詛にがんじがらめにされた二十一世紀の世界にあって、「知らないことがあることを知らない」という前提は存在しなくなっているのかもしれない。「結果はすべて数値化できる」「成果はすべて短期間で現れる」という前提で運営されている大学行政の在り方が、文学部にいまの苦境をもたらしている。であるとすれば、文学部の使命とは、「知らないことがあることに耐えられない」もしくは「知らないことがあることを認めることができない」人々にむけて根気強くそのことを説いていくことであるといえよう。そして、文学部の責務の中の最大のものは、因果関係をつかむまでの不安な時間を生きることへの耐性をつけさせることである。過度の情報化社会の中で硬直した心に、因果関係がもたらされない中にあっても弾力性《レジリエンス》を持ち続ける手立てを提供すること、これこそが文学部の「役に立ち方」であると私は確信している。

☆

二〇一五年十一月十四日『成蹊大学文学部創立五〇周年記念シンポジウム』が行われた。下河辺は「学問に心震えたとき」というコーナーを担当し、成蹊大学大学院文学研究科英米文学専攻大学院生・修了生たちの言葉をビデオの中で紹介した。文学研究を職業とすることを決めた彼らが、院生として、また大学や高等専門学校の教員として、「役に立つ」学問という社会の要請にさらされつつも、自分にとって学問することがどのようなことであるかを言葉にしたものである。中から四人の言葉を紹介する。

田浦紘一郎（成蹊大学大学院文学研究科英米文学専攻博士前期課程二年）

私が大学院に進学を決めたきっかけは卒業論文の執筆が大きな体験だったと思います。死刑宣告を受けた少年水夫に自己弁護をする機会が与えられ、裁く側の船長が“Take a time.”（お前の時間を使え）というセリフを言うのです。お前の時間を使ってしっかり自分の弁護をしろということなのですが、take a timeという単純な言葉に、とてつもない命の重みがかかっていると思ったとき、もっとその作品を読み研究したいという気持ちが心に湧き上がってきました。卒業論文は書き終えたのですが、その時、このままでは終われないと感じました。もっと自分の時間を使いたいと思い、あの作品の中のtake a timeという声が自分にかけられている気がしたのです。それをきっかけに今ここに自分がいるなあと思います。

板垣真任（成蹊大学大学院文学研究科英米文学専攻博士後期課程一年）

私が文学で「面白いなあ」とふと思った瞬間があります。学部の四年生のときのゼミの時間に、登場人物の心の中のセリフについて「彼は自意識過剰じゃないか」と発言しました。すると先生から、「そのセリフについてはもう少し言えることがあるのでは」というコメントがあったのです。横から友人が「be going to かな」というと、「そう、そうよ、それそれ」と先生が言ったのを凄く覚えています。原文のテクストにおいてI'm going to be a writer. となっているのですが、I will be a writer. ではないことに気づくべきだったと思い知らされた瞬間でした。文学テクストで主人公の心の中の言葉として出てくると、この二つの言い方ではその決意の無意識の強さが全然違うということになんだか非常に納得させられ、テクストを読むってこういうことなんだと気づいて、どんどんそれが大きくなっていきました。その思いがアメリカという国を読むだとか、世界を読むということに繋がっていったのだと思ってます。

高瀬裕子（静岡大学大学教育センター特任助教：成蹊大学大学院文学研究科博士後期課程修了）

研究者になろうと覚悟を決めたきっかけがあります。博士前期課程を修了し静岡に戻って高校の非常勤をしていました。半年くらいしたところ、下河辺先生の研究室で指導を受けていたときのゼミの光景がまるでフラッシュバックのように頭に浮かぶようになったのです。なぜこんなことが起こっているのだろうといぶかしく思いましたが、その理由を考えたときに、あの場でやっていたことが、知識や理性としてでなく、体感として残っているのだと気づきました。「紙の上のインクの染みがアメリカ国家や政治や社会文化を通して立体的に変貌を遂げるというその瞬間」をあの研究室で私は毎回授業のときに体感していたのでした。そして、その経験を凄く自分が欲しているんだなということがわかったのです。そこで覚悟を決めて半年後、再び大学院にもどり博士後期課程に復学することにしました。最近は、研究室がフラッシュバックすることはなくなりましたが、言葉がもたらす体験を求めて今も机に向かっている毎日です。

小宮山真美子（長野高等専門学校准教授：成蹊大学大学院文学研究科博士後期課程修了）

これが学問だっていう風に初めて認識したのは学部の二年生、十九から二十歳になる年でした。下河辺先生の文学理論という授業で二項対立（binary opposition）というものを学んでいる時でした。この概念を権力者が濫用するとき、他愛のない基準を設けて他者と名付けた人々を抹殺する暴力をふるうことができると気づかされたのです。その時、背中がゾクゾクするという恐怖を感じたんですが、一方では、フワフワした世界が安定したように思いました。それで凄く心が揺れたのでそのままの勢いで下河辺先生の研究室のドアをノックして「もっと勉強したいんですが大学院へ行くにはどうすればいいですか」と二十歳の私が言ったのを今でも覚えています。その時の熱い気持ちは、この世界のことをもっと知りたい、もっとフワフワした世界を安定させられるような思考を持ちたいという切実な思いでした。あの思いが私の生きる原動力となってここまで研究を続けこられたし、これからも研究を続けていきたいなあと思っています。

II

セイレーンの誘惑

――ホメーロスの叙事詩『オデュッセイア』から――

細井敦子

成蹊大学文学部のカリキュラムに「ギリシア・ローマ文化」という科目が加えられたのは、今から二十数年前だったと記憶しています。(1) 私もその担当者の一人として、古代ギリシア文学関係の話をしましたが、とくに、古代ギリシアの二つの叙事詩『イーリアス』と『オデュッセイア』とを度々とりあげました。詩人ホメーロスに帰せられるこの二つの作品は、西洋文化との接触のなかで育った人ならだれでも、多少の差はあれ知っている、世界の文学の中では、もっとも古い、そして「メジャー中のメジャー」といえるような作品です。幸いに文庫版でりっぱな日本語訳もありますから、(2) それを使って、学生の皆さんにはぜひ全体を通読してもらいたかったのです。『イーリアス』も『オデュッセイア』も今から二千数百年も昔にできた話なのに、今日の目で読み直すと、そこにはいつも必ず、何か現代のわたしたちが抱えるさまざまな問題につながるものが見出せるので、私の講義はそれを考えるきっかけを作る、いわば読書案内でした。今日の話も、二〇分という制限時間の中ですが、その一つの例になればと願っています。

ホメーロス作とされる二つの叙事詩はともに、紀元前十三世紀末期のトロイ戦争を背景としています。ご存じのようにトロイ戦争は、ギリシア側の連合軍（ギリシア全土からそれぞれの地方の領主に率いられて来た、船の総数千二百隻ほど、人数にしてざっと十万人近い大規模な連合艦隊です）(3)が海を渡ってトロイ（イーリオンとも呼ばれる）、現在のトルコの、ダーダネルス海峡の入口にあたるところ、黒海への入口でもありますが、を攻めて都を陥落させた戦争です。『イーリアス』は、このトロイを舞台として、攻める方守る方双方の英雄たちの生と死を語る叙事詩です。今日ここでとりあげる『オデュッセイア』のほうは、『イーリアス』の後日談というか、トロイが陥落したあとの話で、主人公はオデュッセウス(4)、勝利したギリシア方の英雄の一人です。かれは、ほかの領主たちの多くがそれぞれの故郷へ帰還したあとも、十年間も漂流して、怪物や魔物の住む、人間世界とは異なる「異界」を地下の冥府まで行き、その間に仲間たちを失いながらも知恵と策略で数々の苦難を切り抜けて、やっと一人故郷へ帰り着くのです。オデュッセウスはイタケーという小さい島の領主で、ギリシア方の英雄たちの中でもとくに知恵にたけた人物として描かれています。トロイを滅ぼしたあの「トロイの木馬」（コンピューターに侵入してその内部から機能の安全を脅かすソフトウェアの名称にもなりました）の計略も彼の考えによるものとされています(5)。

今日とりあげるのは、このオデュッセウスが漂流中に海の怪物セイレーン(6)に出あったときの話で、『オデュッセイア』の第十二巻（文庫版では上巻の最後）にでています。「セイレーン」というのはギリシア語で、ご存じのように、すでに日本語になっている（救急車やパトカーの）「サイレ

ン」は「セイレーン」を英語読みしたところからきています。(7)

この、オデュッセウスとセイレーンの話は、ギリシア神話の一齣としてご存じの方も多いと思います。ホメーロスでは、オデュッセウスの冒険はどれも、オデュッセウス自身が語る体験談の形をとっているのですが、そのひとつで、ごくおおまかに言うと次のようになるでしょう。

オデュッセウスの船はセイレーンたちのいる島の近くを通らねばならない。セイレーンというのは、甘い声で歌を歌って人を魔法にかけて誘惑する女で、海を行く船乗りがその歌声に惹きつけられて船を島に寄せるとそれきり、故郷へ帰ることができなくなって、けっきょくそこで死んでしまう。セイレーンたちのいる野原には花が咲いていて、その周りにはまた、死んで干涸びてゆく人間たちの骨がうずたかく積もってもいる。このような、セイレーンの歌声がもつ魅力とおそろしさとの両面を、オデュッセウスは、あらかじめキルケーという魔女から知らされていたので、船の仲間たちに、キルケーからの指示として、セイレーンたちとその歌声を避けねばならないこと、および歌を聴くのは自分一人、つまりオデュッセウス一人に限ることを伝え、ただし、自分の身体は帆柱に固く縛りつけてもらいたい、もし万一自分が縛りをほどいてくれと合図をしてもそれには従わず、かえっていっそう強く縛りつけてもらいたい、と命令する。船が順風に送られてセイレーンの島の近くまで来ると、急に風が止まってあたり一帯、静かな凪になる。仲間が船の帆布を片付けている間にオデュッセウスは、大きな蜜蝋の塊を小さく刻み、手でこねて太陽の熱で軟らかくして、それを、船の漕ぎ手たち全員の耳に、順々に詰めて、セイレーンの歌声を聞けないようにし、それから自分を帆柱に縛りつけさせて、その状態で船を漕ぎ進めさせ、自分だけは歌を聞きながらも、船はなんとか無事にそこを通り過ぎることができた(8)。

ざっとこういうところがひろく知られている話で、「オデュッセウスとセイレーンたち」というテーマは、古代から現代に至るまで、西洋文化（哲学、文学、絵画、彫刻、音楽、映画など）の全般にわたって繰り返しとりあげられてきました(9)。このテーマをインターネットで検索しますと、絵画や彫刻などの造形表現だけをとっても、おびただしい数の例がでてきますが、ここでは、とくに有名なもので、時代の異なる三点の画像を、ごく簡単にご紹介します。

画像の1．は、大英博物館にある、紀元前五世紀前半のアテネで作られた、ワインを入れておく壷に描かれています。帆布を巻き上げたオデュッセウスの船があり、かれの手がマストに縛りつけられているのが見えます。両端の岩の上や空中にいるのがセイレーンたちです(10)。

2．は紀元後三世紀のモザイクで、北アフリカ、チュニスの近くにあるローマ時代の邸宅の遺跡から出たものです。モザイクで飾った床か壁かの一部と思われます。真中にオデュッセウスの船があり、オデュッセウスは後ろ手にマストに縛られて、セイレーンの方を見ていますが、丸い盾をもった乗組員たちは、セイレーンたちから顔をそむけて、逆方向を見ています。セイレーンは三人いて、左端のセイレーンはアウロスという管楽器を持っており、右端のセイレーンはリュ

〈オデュッセウスとセイレーンたち〉

1．古典期ギリシア。ワイン用の壷（H 35cm）。BC 5 世紀前半アテネで制作。
ヴルチ（イタリア北西岸）出土。
大英博物館（ロンドン）蔵。

2．ローマ帝政期。列柱郭モザイク。AD 3 世紀。
ドゥッガ（チュニジア北西部）出土。国立バルド博物館（チュニス）蔵。

（出典：https://commons.wikimedia.org/wiki/File:Boat_Mosaic_(2680232163).jpg）

3．J. W. Waterhouse « Ulysses and the Sirens ». 1891年制作。油彩画（100×201.7cm）。国立ヴィクトリア美術館（メルボルン）蔵。

ラという竪琴を持っているのが分かります。真中のセイレーンは楽器を持たず、口を少しあけているので、歌を歌っているのだと解釈されています[11]。

3．はずっと新しいもの、十九世紀末イギリスの画家による油絵で、この絵ではセイレーンは数も多く、七人もいます。しかも自分の方から近づいて船を取り囲んで男たちを誘惑しているように描かれていて、とくにこの中央手前のセイレーンは、漕ぎ手にぴったり寄り添っています。

これらのセイレーンは、いづれも顔は若い女で、身体は鳥（羽とか足とか）、つまり「半人半鳥」の怪物として描かれています。この形が、造形芸術においては、古代から近代に至るまで、セイレーンの定型表現の主流となっているのが分かります[12]。

ではホメーロスの叙事詩におけるセイレーンはどうか、というと、これはだいぶ違います。お手許のプリントに『オデュッセイア』のテキストでセイレーンが出てくる箇所をすべて挙げてありますが[13]、そこではホメーロスは、セイレーンの歌声の魅力については語っていますが、「半人半鳥」に関しては何の言及もしていないですし[14]、歌声以外の魅力、とくに若く美しい女としての容姿やセクシュアルな魅力のことは何も言っていない、つまりホメーロスは、そういう魅力を問題にしては、いないのです[15]。ホメーロスのテキストによれば、より正確には、ホメーロスがオデュッセウスに語らせているところによれば、帆柱に縛りつけられたオデュッセウスは、セイレーンたちの甘く鋭い声の呼びかけを耳にすると、たちまち[16]、その歌を聴きたくてたまらなくなり、漕ぎ手たちに向かって、(声を出しても仲間たちは耳に蝋を詰められていて、聞こえませんから)眉毛を動かして合図をして、縛りを解くように促します。しかし漕ぎ手たちは、そういう事態になったらますます固く縛りつけるように、とあらかじめ、オデュッセウス自身から命令されていましたから、その命令どおりにして、船を漕ぎ続けて、その場をきりぬけたのです。でもどうして、オデュッセウスは、それほどセイレーンの歌を聞きたくなったのでしょうか? オデュッセウスはギリシア軍第一の知恵者で、あらゆる事態に対処する策略に富み、つねに沈着冷静な人ですし、とくに今は、今まで吹いていた順風が急に止まり、真昼の太陽のもとで海がとつぜん眠りに落ちて鏡のような凪ぎになり、ふしぎな静けさがあたりを支配している(17)。そこへセイレーンの歌声が聞こえてきたのですから、かれは自分たちが今、大きな危険にさらされていることはよく分かっていました。そういうときに歌声の美しさだけに誘われたとは思えません。かれを誘ったのはセイレーンたちの歌の内容、つまり最初の呼びかけの言葉そのものだったにちがいないと思われるのです。ではセイレーンたちはどんな言葉で呼びかけてオデュッセウスを誘惑したのでしょうか? その疑問に答えてくれるのは、やはり、漠然とした神話伝説ではなくて、言葉で伝えられたもの、文字として残されたホメーロスのテキストだけだと私は思います。つまり、オデュッセウスに呼びかけたセイレーンの言葉そのものは、おそらく伝説には無かったもので、詩人ホメーロスが創りだした、かれの創作だと考えられるのです。それは第十二巻の一八四行から一九一行までで、私の試訳を読んでみます。

184 こちらへどうぞ、誉れ高いオデュッセウス、ギリシア軍[18]の誇りよ、
185 船をとめ、わたしたち二人の声を聴くように。
186 黒い船でここを通りかかって、行き過ぎた者など一人もいない、
187 わたしたちの口から出る、蜜のように甘い声を聴かずに。
188 みんな、その声を楽しんで、前よりも物知りになって帰って行く。
189 わたしたちは知っている、広いトロイの地で、神々の望みのままに、
190 ギリシア方もトロイ方も[19]苦しんだ、その苦難のすべてを。
191 わたしたちは知っている、万物を養う大地の上で起こるようなことなら[20]、そのすべてを。

ホメーロスの描くセイレーンたちは、ただ美しい声で人を惹きつけるだけではなく、「わたしたちの歌を聴くと知識が増える、わたしたちは過去のことも、現在のことも、この地上で起こるようなことは何でも知っているのだから、立ち寄って聴きなさい」、と言っているのです。十年間も外地での戦争に明け暮れて、それが終ったあとも怪物の住む島々、黄泉の国、と異界をさまよっているオデュッセウスですから、過去に自分が重要な役割を担った戦争の全貌を確かめ、そしてこれから帰って行くべき人間世界の現在と近未来の状況を知っておきたい、という知的な好奇心をかきたてられるのは当然でしょう[21]。とくに、最後の一九一行「万物を養う大地の上」という表現は叙事詩特有の定型句／決まり文句ですが、ここは、いまふうの言い方なら「グローバル

な」に当たりますし、「万物を養う大地の上で起こるようなこと」は、キイワードにすれば「今日の世界情勢」と言い換えられるでしょう。要するにセイレーンたちは、「過去の戦争に関するあらゆる情報でも、今日の世界情勢についてのグローバルな情報でも、何でも教えてあげますよ」と言って誘っているのです。そう考えると、このセイレーンの神話も、私には、にわかに現実味をおびてくるように思われます。わたしたちの身近にも、ここへ来れば物知りになれる、この地上で起こった、あるいは起こるようなことなら、こちらはなんでも知っているのだから、とわたしたちを誘うものは、いるではありませんか。わたしたちにとってのセイレーン、それは、おそらくこの会場でもすでに多くの方が考えておられると思いますが、それは「インターネット」ではないでしょうか。オデュッセウスの場合は、キルケーという魔女が事前に助言してくれて、セイレーンの魅力とそれに溺れた場合の危険とを予告してくれたばかりでなく、セイレーンの歌声は楽しみながらもその誘惑に負けてしまうことがないように、そのための対策までも前もって教えてくれていました。オデュッセウスはそれを実行して、難局をきりぬけたのです(22)。

ところで現代のわたしたちのほうは、助言してくれる魔女がいてもいなくても、インターネットが提供する、この情報の大海原を小船でわたって行くことを余儀なくされています。耳に蝋を詰められて、あるいは自分からすすんで耳に蝋を詰めてただひたすら船を漕ぐだけ(23)、というのもひとつの立場ではあるでしょう、が、あまり面白くないかもしれません。そういう立場はとりたくないとすると、つまり、つよい知識欲と好奇心をもって「セイレーン」の情報をも享受しようとするなら、そこに潜む危険を十分に自覚して、そこに溺れてしまわないための対策を、自律的に、たてることが必要になるでしょう。オデュッセウスは、自分の利益（歌を聴くこと）は最大限に追求しながらも、自分で自分に強い制約を課してその実行（帆柱に縛ること）を仲間に委ねることによって、破滅を免れました(24)。では、わたしたちは、どうすればよいのでしょうか。

セイレーンの話を伝えるホメーロスの叙事詩は、二千年以上も昔に語られ、その後、繰り返し繰り返し、文字に書き写され、印刷され、世界の数多くの言語に翻訳されて読まれてきました。それは、わたしたちの今日の問題にもつながる、今もなお、わたしたちに語りかけ、問いかける力をもつのではないか、と私は考えています。以上です。ありがとうございました。

註

（1）一九九一年度から「三学科（英米文・日本文・文化）共通の自由科目」として取入れられ、四学科（英米文・日本文・国際文化・現代社会）体制の現在に至る。なお、外国語としての「ギリシア語」・「ラテン語」は、一九六五年の文学部創設当初から設けられている。

（2）ホメーロス『オデュッセイア』Homeros, *Odysseia*（Gr. Ὀδύσσεια; Lat. *Odyssea*, Engl. *Odyssey*）. 岩波文庫版の邦訳については、本稿末の「文献」参照。電子書籍キンドル版『イーリアス』は、タイトルには「呉茂一訳」とあるが、呉訳を改ざんした模造品で註もなく、その制作者の個人名は表示されていない。

（3）『イーリアス』第二巻の「軍船のカタログ」（*Il.*2.484-760）や前五世紀の歴史家トゥーキューディデース（Thuc.1.10-, 久保訳『戦史』上、63以下）の記述を基に、三段櫂船一艘の乗員を平均八五名として計算した概数。

（4）Odysseus. この英雄の名は、Frisk や Chantraine 1974 によれば、古代ギリシア語においては、Ὀδυσσεύς という、-δ- をもつ形は広義の文学の言語に限られ、壺絵などに刻まれたかれの名としては、Ὀλυσσεύς, Ὀλυσσεύς, その他（-δ- でなく）-λ- をもつ別形のみが残存する。また紀元後二世紀の著作者では Οὐλιξεύς（Hdn. Gr.1.14）、さらには Οὐλίξης（Ibycos ap. Diomedem）もあり、ラテン語名 Ulixes はこれらの借用と考えられている。δ と λ の混同に関しては、大文字表記では Δ と Λ は混同誤写され易い形であることも考慮すべきであろう。英語名 Ulysses（ユリシーズ）ほか仏伊語などラテン語名に由来する場合でも、近年の文献では、より原語に近い Odysseus とすることが多い。

（5）『オデュッセイア』（*Od*.8. 469）参照。

（6）「セイレーン」（Σειρήν. Lat. Siren, Engl. Siren, Fr. Sirène, Germ. Sirene. ギリシア語の語源には定説がない）の本体、同じく有翼の姿で表される「眠り」や「死」あるいは「スフィンクス」との関係やその系譜については古代以来、諸説が多い。セイレーンは、悲劇詩人エウリーピデース『ヘレネー』167では「大地の娘たち」と呼ばれ、前三世紀の叙事詩人アポロニオス・ロディオス（*Argonautica* 4.895–）や、一世紀の人かと推定されるギリシア神話伝説の編纂者アポロドーロス（*Epit*.7.18, 高津訳205–206）では「ムーサの娘たち」とされる、等々。詳しくは Pauly-Wissowa *RE*（古代学大事典）、Roscher（神話事典）、*LIMC*（神話図像事典）、*OCD*（オックスフォード古典事典）などをはじめ本稿末尾の文献（系譜関係の古註については、Apollodorus, ed. Frazer, II. 290–292の註）を参照。

（7）古代において「美しい声で人を魅惑する、女面有翼の怪物」であった「セイレーン」から現代の各種の警報や信号音に用いられる「サイレン」への意味の変遷については、フランスの音響学者 Cagniard-Latour が一八二〇年に、水中での音の振動数を測定する装置を考案して « Sirène » と命名したことに由来し、その名称の適用範囲が広がって現代に至った、とされる（Chantraine 1954, 451–452）。

（8）オデュッセウスは船を島に寄せなかったので、セイレーンたちの（呼びかけの歌は聞いたが）あらゆる知識の提供を約束する歌の「本体」は聞かなかった、とする解釈もある（Pucci 175–177）。本講演では、「しかし…もはやセイレーンたちの声（φθογγὴν）も歌（ἀοιδήν）も聞こえなくなると、仲間たちはすぐに私の縛りを解いてくれた」（12.197–199）という詩行があることから、歌の一部分を聞いた（少なくとも、歌を聞かなかったとはいえない）、とみる一般的な解釈に従った。ただし、この場面でホメーロスが、オデュッセウスを語り手として、私たちに残しているのは、以下に訳出する呼びかけの言葉（184–191）とそれに対する主人公の反応とだけであって、船を寄せた者が聞くはずの歌そのものは残されていない。この先の物語の中でも、歌に関連する言及は、帰国後に妻に漂流中の話をする主人公を描いた場面（第二十三巻、ここでは語り手はホメーロス自身である）で、「それから（オデュッセウスは）セイレーンたちのとめどなく続く声を聞いたことも（語った）」（23.326）という一行でなされるのみであり、歌本体の内容は、聴き手や読者の想像ないし推定に委ねられている。

（9）ギリシア・ローマの古典古代からビザンツ時代までを視野にいれた、倫理思想面での「ホメーロスのセイレーン場面」への古註やアレゴリーとしての諸解釈については、Buffière 235–237, 380–386 および 467–481 参照。Davidson Reid の SIRENS の項（vol. 2, 1004–1008）には、ギリシア・ラテンの典拠紹介につづいて、ダンテの『神曲』（煉獄編19. 1–33）から Felice Lesser の舞踊（1989年ニューヨークで上演）に至る、西洋文化の多様なジャンルにおけるセイレーンの再現（約140点）が、それぞれの関連文献とともに挙げられている。

（10）空中にいるセイレーン（三人目か、それとも岩上の二人のいづれかを異時同図としたか）は、目を閉じているので、死んだ状態を描いたものとする解釈もある（Harrison; 201-202; *LIMC*, vol. 6, Odysseus - G. No. 155）。セイレーンには、誘惑が成功せずに船が通り過ぎたら死ぬという予言があって、それがオデュッセウスの通過で実現したという伝説（Apollodorus, *Epit.* 7. 18-19, 高津訳205-206）との関連が考えられるからである。

（11）この絵における三人のセイレーンの役割は、前掲註6のアポロドーロスの記述（Apollod. *Bibliotheca* I. 3. 4. 高津訳33）と一致する。ここには三人のセイレーンの名も伝えられている。古代美術史面での関連文献は、*LIMC*, vol. 6, Odysseus - G, No. 167参照。

（12）古代叙事詩や神話の時代から近代に至るセイレーン像の変遷（水の精や人魚との混同もふくめて）については Rachewiltz などの文献があるが、本稿の主題からは逸れるので立ち入らない。なお言語表現（英独仏伊西など）としても、「セイレーン」には「人を魅惑する危険な女」のイメージがある。

（13）キルケーの予告と助言（*Od.* 12. 38-54）、オデュッセウスから仲間への命令（158-164）、セイレーンの島の付近での出来事（165-200）、帰国後の主人公から妻ペーネロペイアーへの話の中での短い言及（23. 326）の四箇所。

（14）当時「半人半鳥」が周知のことであったからとくに言及していない、とも考えられる。なお「セイレーンたち」は双数形が3例（12. 52「二人のセイレーンの（声）」、167「二人のセイレーンの（島）」および185「わたしたち二人の（声）」）あり、双数形は韻律形式からの要請とも考えられるが、この場面では文字通り二人が歌うと解して訳す（後述）。ホメーロスにおける他の6例では複数形が使われているので、島にいるのは三人とも考えうる（前掲註10および11参照）。

(15) Harrison はこの箇所について、"It is strange and beautiful that Homer should make the Sirens appeal to the spirit, not to the flesh." と述べている（Harrison 198）。

(16) 諸校訂版は、192 行の行末を αὐτὰρ ἐμὸν κῆρ「すると私の心は」と読んでいる。しかし αὐτὰρ は、もともと前後二つの文を明瞭に対比する（"prop. to introduce a contrast" *LSJ*）接続詞であり、この場面には適さないのではないか。本講演では、αὐτὰρ の代わりに副詞 αὐτίκα（"at once, in a moment" *LSJ*）を入れて、（asyndeton で）αὐτίκ' ἐμὸν κῆρ「たちまち私の心は」と読めば、セイレーンの呼びかけの言葉を聞いたために、（当初は甘美な歌を楽しむという程度の気持でいたが）たちまち「知ること」への強い願望をかき立てられて船をそちらへ向けたくなった、ということが強調できる、それが原作者の意図ではないかと考えた。定型句 αὐτὰρ ἐμὸν κῆρ はホメーロスでは他に3例（*Od*. 4.259, 20.89, *Il*. 19.319）あり、これらの接続詞と副詞の単独の用例をも含めた検討は別稿に譲りたい。

(17) オデュッセウス自身「なにか、人間を超えた神霊の力（ダイモーン）が波を眠らせた」（12.169）と語っている。

(18)「ギリシア軍／方」と訳した語は、原文では「Ἀχαιῶν アカイア軍／方」（184）、「Ἀργεῖοι アルゴス軍／方」（190）である。本講演では、対立する攻守双方（ギリシア対トロイ）を説明ぬきで明示する必要から、上記の訳語を使用した。歴史家トゥーキューディデースが指摘しているように（Thuc. 1.3,『戦史』上、57）、ホメーロスには、ギリシア方全体をまとめて一つの名称で（「ギリシア軍」のように）指す例は無い。

(19) この「わたしたちは知っている」の反復（189, 191）は、ホメーロスとほぼ同時代の詩人ヘーシオドスの『神統記』にある（Hes. *Th*. 27-28, 廣川訳11）、人間のあらゆる知的活動を司る九人の女神（ムーサたち）の言葉を想起させる。また『イーリアス』には、「船のカタログ」を語り始めるときに詩人がムーサたちに「あなた方は女神で…全てを知っているのだから」（2.484）と呼びかける言葉がある。ムーサとの関係などセイレーンの系譜については前掲註6および本稿末の文献参照。

（20）「起こるようなこと（すべて）」と訳した原文は ὅσσα γένηται（subj. aor.）であり、この接続法アオリストの解釈については、「起こったこと／起こることはその都度すべて」（反復 iterative）、「起こることはすべて」（一般的 general）、「これから起こることはすべて」（未来 future）が出されている（Pucci 7および本稿末尾の文献で引用古典作品テキストの当該註を参照）。本講演では、オデュッセウスの関心が、過去にのみならず、現在とその延長線上にある「先のこと」にも向けられている、との理解にたって、「ホメーロスにおける接続法の用法では、時制の限定なしに、たんにある行為が実現するという主観的な期待のみを表すことがある」（*KG*, II.1, 217–218）に拠って（問題箇所の文脈は肯定文であるが）多少あいまいなニュアンスで上記の訳「起こるような」を提示した。物語の展開の中では、オデュッセウスはすでに冥府（第十一巻）において、予言者や母の亡霊から自分およびその周囲の現況と今後についてはある程度の情報を得た（*Od*.11. 97–224）が、総大将アガメムノーンの亡霊からその息子の現在の消息を聞かれたときには答えられなかった（457–464）という経緯があり、それも「知りたい情報」の一つであろう。アガメムノーン一家の話は、『オデュッセイア』全編を通してつねにオデュッセウス一家の話と二重写しになっているのであるから（久保1983, 244–253参照）。

（21）前一世紀ローマの哲学者で政治家のキケローは、人間は生得のつよい知識欲をもっていて、利得がなくても知ることとへの好奇心と探究心に動かされて行動する、と述べ、その好例としてオデュッセウスのこの話をひいている（Cic. *Fin*.V. 48–49, 岩崎訳299–300）。またセイレーンの誘惑は、『旧約聖書　創世記』

（第2―3章）の、楽園における「善悪の知識の木」の誘惑とも比べられている（Harrison 198; Stanford ad *Od*.12.184-91）。

(22) アポロニオス・ロディオス（Apollonius Rhodius, 前掲註6）の叙事詩『アルゴー号航海記』（*Argonautica*）によれば、アルゴー号の場合（*Arg*. 4.891-921）は、船がセイレーンの島の近くに来ると、乗組んでいた楽人オルフェウスが竪琴をかき鳴らしたので「竪琴が乙女たちの歌声を圧倒して」（4.909）船は通過することができた。また、アポロドーロス（Apollodorus, 前掲註6および10）も、オルフェウスがセイレーンに対抗する音楽によって仲間をひきとめた（*Bibl*. 1.9.25, 高津訳63）という。しかしいづれの伝承でも、アルゴー号では乗組員の一人が誘惑に負け、海にとびこんで泳ぎ去っている。誘惑への対処法として、「オデュッセウス方式」との比較は興味深い。

(23) Buffière 480-481によれば、一世紀の著作家プルータルコスは、プラトーンの『ファイドロス』249dに暗示的に依拠しつつ、セイレーンの歌に対するオデュッセウスと仲間たちの対応の違いを解釈している（前掲註9参照）。

(24) 小林（1996, 2）によれば、このオデュッセウスの話は、「合理的選択論においてしばしば引用される」話で、ごく身近なところに例をとれば、「ダイエットをするとき（好きなものを全面的に拒否するのではなく）日曜日だけは好きなものを食べてウィークデイは節食に徹したり…等々のルールを自己立法的に定めること」があげられる、という。「オデュッセウス方式」は、欲望充足の最大限の追求と、そこに予想される危険の回避とのバランスをとりながら最善の結果を得る、合理的かつ自律的な対処法のよい事例ともいえるのであろう。

文献

引用古典作品テキストおよび注釈

Homer's Odyssey I, ed. W.W. Merry and J. Riddell (1886^{2}), Oxford.
Homers Odyssee I. 2, erkl. K. F. Ameis und C. Hentze (1908), Leipzig & Berlin; repr. 1964 Amsterdam.
The Odyssey of Homer I, ed. W. B. Stanford (1947), London; repr. 1955.
Homeri Odyssea, hrsg. H. van Thiel (1991), Hildesheim, Zürich & New York.
Homers Odysseen, erschlossen, übersetzt und erläutert von H. van Thiel (2009), Berlin.
Homeri Ilias, hrsg. H. van Thiel (1996), Hildesheim, Zürich & New York.
Hesiodi Theogonia. Opera et Dies. Scutum, ed. F. Solmsen, *Fragmenta selecta*, ed. R.Merkelbach & M.L. West (1990^{3}), Oxford (Oxford Classical Texts).
Euripidis Fabulae, Tomus III, ed. G. Murray, (1913^{2}), Oxford (Oxford Classical Texts); repr. 1957.
Apollodorus, *The Library* [*Bibliotheca et Epitome*] I & II, ed. J. G. Frazer (1921), Cambridge Mass. & London (Loeb Classical Library); repr. 1954-1956.
Apollonius Rhodius, *The Argonautica*, ed. R. C. Seaton (1912), Cambridge Mass. & London (Loeb Classical Library); repr. 1955.
Cicero, *De finibus bonorum et malorum / Des termes extrêmes des Biens et des Maux*, Tome II, ed. J. Martha (1930), Paris (Collection des Universités de France); repr. 1967.

引用古典作品邦訳

ホメーロス／呉茂一訳註（1953 第一刷、1964 第三刷改版）『イーリアス』上中下、岩波文庫。

ホメーロス／呉茂一訳註（2003）『イーリアス』全二冊、平凡社ライブラリー（岩波文庫三冊本の再刊）。

ホメロス／松平千秋訳註（1992）『イリアス』上中下、岩波文庫。

ホメーロス／呉茂一訳註（1971）『オデュッセイアー』上下、岩波文庫。

ホメロス／松平千秋訳註（1994）『オデュッセイア』上下、岩波文庫。
＊呉訳は韻文形式で、原文テキストに付された10行ごとの行分けを、訳文においても明示しているので、必要箇所の検索や表示が容易。松平訳は散文形式で、内容に応じて段落をつけ、その段落ごとに原文の行数をまとめて表示している。
ヘシオドス／廣川洋一訳註（1984）『神統記』、岩波文庫。

トゥーキュディデース／久保正彰訳註（1966）『戦史』上中下、岩波文庫。

エウリーピデース／細井敦子訳註（1990）「ヘレネー」『ギリシア悲劇全集8』、岩波書店。

アポロドーロス／高津春繁訳註（1953）『ギリシア神話』、岩波文庫。

キケロー／永田康昭・兼利琢也・岩崎務訳註（2000）「善と悪の究極について」『キケロー選集10』、岩波書店。

参照文献

Buffière, F. (1956), *Les mythes d'Homère et la pensée grecque*, Paris.
Chantraine, P. (1953), *Grammaire homérique*, II *Syntaxe*, Paris.
Chantraine, P. (1954), « Aspects du vocabulaire grec et de sa survivance en français », *Comptes rendus*

des séances de l' Académie des Inscriptions et Belles-Lettres, Année 1954, vol. 98, no. 4, 449–456.
Chantraine, P. (1974), *Dictionnaire étymologique de la langue grecque*, tome III, Paris.
Davidson Reid, J. (1993), *The Oxford Guide to Classical Mythology in the Arts, 1300-1990s.*, 2 vols, New York.
Finley, J. H. Jr. (1978), *Homer's Odyssey*, Cambridge Mass. & London.
Frisk, H. (1973), *Griechisches Etymologisches Wörterbuch*, Heidelberg.
Gehring, A. (1891), *Index Homericus*, Leipzig.
Gresseth, G. K. (1970), « The Homeric Sirens », *TAPA* 101, 203–218.
Harrison, J. (1922^{3}), *Prolegomena to the study of Greek religion*, Cambridge; repr. 1955 New York.
小林　公（1996）「自己パターナリズムと法」『創文』三七八号、一―五頁.
久保正彰（1983）『「オデュッセイア」 伝説と叙事詩』岩波セミナーブックス 3.
KG : Kühner, R.- Gerth, B. (1898^{3}), *Ausführliche Grammatik der Griechischen Sprache*, II. *Satzlehre*; repr. 1966 Darmstadt.
LIMC : (1981–2009), *Lexicon Iconographicum Mythologiae Classicae*, Zürich & Düsseldorf.
LSJ : (1843^{1}–1996^{9}), Liddell-Scott-Jones, *A Greek-English Lexicon, with a revised supplement*, Oxford.
OCD : (1949^{1}–2012^{4}), *The Oxford Classical Dictionary*, Oxford.
Pollard, J.R.T. (1952), « Muses and Sirens », *CR* N.S.2.2, 60–63.
Pucci, P. (1997), *The Song of the Sirens. Essays on Homer*, Lanham & Oxford.
Rachewiltz, S. de (1987), *De Sirenibus. An Inquiry into Sirens from Homer to Shakespeare*, New York &

London.
Roscher, W. H.（1884-1937）, *Ausführliches Lexikon der Griechischen und Römischen Mythologie*, Leipzig; repr. 1977–1978 Hildesheim.

本稿は、成蹊大学文学部創立五十周年記念講演会「人文学の沃野」（二〇一五年十一月十四日）に参加して行った小講演の拙稿に、註および文献リストを付加したものである。（細井）

近代トルコの諷刺と戯画

佐々木　紳

諷刺と共生と人文学と

二〇一五年一月に発生した「シャルリ・エブド事件」は、パリの諷刺新聞『シャルリ・エブド』がイスラームの預言者ムハンマドを諷刺する戯画（カリカチュア）を掲載したことに端を発していた。その一〇年前の二〇〇五年九月には、デンマークの日刊紙『ユランズ・ポステン』がやはりムハンマドを諷刺する戯画を掲載し、その賛否をめぐって国際的な論議が生じた。同紙に掲載された戯画を転載したメディアのなかには、『シャルリ・エブド』も名を連ねていた。こうした事件が起きるたびに、信教の自由や表現の自由をめぐる議論が――しばしば「イスラームとヨーロッパ」という文明論的二項対立を前提にして――繰り返されてきた。批評家として、また文献学者として、このような二項対立の思考枠組に抗い、その相対化を説きつづけたエドワード・W・サイード（一九三五～二〇〇三年）は、「人文的文化は共存と共有の文化である」という言葉をのこしている。[1]「人文学」とはさまざまに定義できようが、それがサイードのいう「共存と共有の文化」を考察対象とするとともに、その考察自体が「共存と共有の文化」の一部分をなすような学術的営みであることに異論はあるまい。

それにしても二一世紀に入って、とりわけイスラーム教徒（ムスリム）の生活と価値観を不当に貶めることを目的とするヘイト・カートゥーンは後を絶たない。そのたびに必ずといってよいほど現れる言説の一つに、ムスリムがムハンマドの戯画に過剰に反応するのはイスラームが偶像崇拝を禁止しているからである、というものがある。こうした言説に対しては、すでに二〇〇五年の「ユランズ・ポステン事件」に際して、イスラーム法学の観点から明確な反論がある。すなわちイスラームでは、たしかに唯一神にかえて偶像を崇拝の対象とすることは、一神教としてのイスラームの根本信条たる「タウヒード」（神の唯一性）に反するので固く禁じられているものの、図画や彫像を制作すること自体は禁じられていない。したがって、ムスリムがムハンマドの戯画に反発するのは、それが偶像崇拝の禁止に抵触するからではなく、ムスリムにとっては特別の存在である「神の預言者」への誹謗にあたるからにほかならない――というロジックである。(2)

もちろん、いくら説得的な論理が現れたからといって、それがイスラームに対するヘイト・カートゥーンの根絶にただちにつながるわけではない。現に「事件」は繰り返されてしまった。とはいえ、「ユランズ・ポステン事件」をめぐる議論を通して、イスラームにまつわる誤解の一つが――払拭されたとはいえないまでも――明るみに出たことはまちがいない。では、今回の「シャルリ・エブド事件」を受けて、過去の文化、すなわち時間的に先行する「人文的文化」を考察対象とする点ですぐれて人文学的な学問領域といえる歴史学には、いったい何ができるだろうか。イスラームないしムスリムにまつわる誤解を正すということであれば、ムスリムは今も昔も確たる諷刺文化を育み、諷刺や戯画をこよなく愛する人びとであったというごく基本的な事実を、歴史学は史料に即して明らかにすることができる。本稿は、中東イスラーム地域のなかでもいち早く近代諷刺文化を発展させたオスマン帝国（トルコ）の事例を紹介しながら、当該地域における「人文的文化」の豊かな蓄積の一端に光を当てる試みである。

近代トルコにおける諷刺文化の黎明

およそどの時代、どの地域にも、権威や権力や既存の価値を「わらい」（笑い／嗤い）とともに相対化する諷刺の精神は存在する。それを表現するための手段や場としての諷刺の文化も存在する。現在のトルコ共和国の直接的前身にして、中東、北アフリカ、バルカン半島の主要部分を六〇〇年もの長きにわたり勢力下におさめたオスマン帝国（一三〇〇年ごろ～一九二二年）の場合も例外ではない。古くは、古典詩を中心とする上流人士のディーワーン文学や、小話集「ナスレッディン・ホジャ物語」、影絵芝居「カラギョズ」、大道演劇「オルタオユヌ」などの民衆文芸にも、諷刺の精神と表象を見いだすことができる。世界の他の地域と同様に、オスマン帝国でも諷刺文化はたしかに育まれていた。(3)

そのオスマン帝国の諷刺文化が「近代」を迎えるのは、一九世紀に入ってからのことである。

一八世紀末から一九世紀初頭にかけて、まずオスマン領内の居留民が外字新聞を発行しはじめ、やがてギリシア正教徒やアルメニア教会信徒などの非ムスリム臣民も各自の言語と文字で新聞雑誌を発行するようになった。一九世紀半ば以降は、オスマン帝国期に発達したアラビア文字表記のトルコ語、すなわちオスマン語による新聞雑誌の数も増加した。こうして形成された多言語・多文字の言論空間たるオスマン・ジャーナリズムの世界のなかで、オスマン帝国の諷刺文化は新聞雑誌に表現の場を広げることになる。(4)

使用される言語や文字に限定を加えなければ、オスマン帝国における諷刺雑誌の嚆矢は、オスマン・アルメニア人のホヴセプ・ヴァルタニヤン（ヴァルタン・パシャ、一八一五～七九年）が一八五二年にアルメニア文字表記のトルコ語（アルメニア・トルコ語）で発行しはじめた『おしゃべりな男 *Boşboğaz Bir Adem*』に求めることができる。その後、アルメニア・トルコ語やアルメニア文字表記のアルメニア語で『メグ *Meğu*』（蜜蜂、一八五六～七四年）、『マムル *Mamul*』（手紙、一八六九～八三年）、『タドロン *Tadron*』（演劇、一八七四～七七年）、『ミモス *Mimos*』（道化、一八七五～七六年）などが発行された（発行年代には諸説あり）。多宗教、多民族、多言語、多文字の多元社会たるオスマン帝国における黎明期の諷刺雑誌を牽引したのは、オスマン帝国に住まうアルメニア人であった。(5)

諷刺雑誌につきものの戯画もまた、早い時期に登場し、注目を集めていたようである。それは、一八五八年に制定された帝国刑法の第一三九条に、「公序良俗に反して、韻文ならびに散文で嘲弄諷刺に類する事柄を、もしくは不適切な図画肖像を印刷し、また印刷させ、そして頒布する者」に対する罰則が規定されていることからもうかがえる。(6) この時期には、オスマン語の諷刺雑誌はまだ登場していなかったから、上記の条文が想定する罰則規定の対象は、非ムスリム臣民の諷刺雑誌や居留民の外字新聞ということになる。では、オスマン帝国で多くの人びとが用いていたオスマン語による諷刺雑誌は、いつごろ登場したのだろうか。

オスマン語の諷刺雑誌が登場した経緯については、いくつかのステップがある。まずは、一八六六年創刊の政論新聞『イスタンブル *İstanbul*』(一八六六〜六九年)の紙面に、諷刺を目的とする図画が掲載されるようになった。次いで、一八六八年創刊の政論新聞『進歩 *Terakki*』(一八六八〜七〇年)の付録ないし号外として、一八七〇年十月に『進歩の楽しみ *Terakki Eğlencesi*』が登場した。そして、そのわずかひと月ほどのちに創刊された『ディオゲネス *Diyojen*』(一八七〇〜七三年)が、オスマン語による独立した諷刺雑誌の嚆矢となる。誌名は、古代ギリシアの「樽の哲人」、スィノペ(スィノプ)のディオゲネスに由来する。実際、創刊当初の同誌の毎号第一ページ目の上段には、樽のなかに座るディオゲネスと、その前にたたずむマケドニアのアレクサンドロス大王とが言葉を交わす有名なシーンが掲げられた。そのキャプションには、「影を作るな、ほかに施しは要らぬから」という、これもよく知られたディオゲネスの言葉が記されている【図1】。中部アナトリアのカイセリ生まれのギリシア正教徒で、フランスでの長期滞在の経験もあった発行人のテオドル・カサプ(一八三五〜九七年)は、オスマン語のみならずフランス語、ギリシア語、アルメニア・トルコ語でも同誌を発行した。オスマン語による初の本格的な諷刺雑誌は、多言語・多文字の言論空間たるオスマン・ジャーナリズムの世界に開かれていたのである。

その『ディオゲネス』を嚆矢として、一八七〇年代にはオスマン語の諷刺雑誌が叢生期を迎えることになる。先述のテオドル・カサプは、オスマン政府による言論統制で廃刊を余儀なくされた『ディオゲネス』にかえて、『鈴持ち飛脚 *Çıngıraklı Tatar*』（一八七三年）や『幻灯 *Hayâl*』（一八七三〜七七年）を発行した。『鈴持ち飛脚』の創刊号に掲載された戯画には、オスマン語のみ

【図１】『ディオゲネス』創刊号の第１ページ目（*Diyojen*, no. 1, 12 Teşrîn-i Sânî 1286/24 Nov. 1870, p. 1）。ページ上方のイラストの左がディオゲネス、右がアレクサンドロス。なお、このイラストは同誌第62号から掲載されなくなった。

ならずギリシア語、フランス語、英語など多種多様の文字・言語で当時発行されていた新聞雑誌の「一群」に、同誌が悠然と歩み寄ってくる様子が描かれており、オスマン・ジャーナリズムの多言語・多文字状況が一目でわかるようになっている【図2】。この時期に発行されたオスマン語の諷刺雑誌として、ほかに『演劇 *Tiyatro*』（一八七四～七六年）、『黒いスィナン *Kara Sinân*』

【図 2】「チリン、チリン、やあどうも」「……」(*Çıngıraklı Tatar,* no. 1, 24 Mart 1289/5 Apr. 1873, p. 3)。擬人化された『鈴持ち飛脚』(左) の登場に唖然とする多言語・多文字の諸新聞。

（一八七四～七五年）、『カフカハ *Kahkaha*』（一八七五年）、『鳶 *Çaylak*』（一八七五～七七年）、『噺家 *Meddâh*』（一八七六年）などがある。いずれも短命に終わったとはいえ、これらの諷刺雑誌に掲載された戯画は、当時の社会や風俗の一端を視覚的に知るための重要な手がかりとなる。たとえば、テオドル・カサプの『幻灯』第一五七号に掲載された戯画には、伝統的なイスラーム教徒の衣装に文字どおり身を包んだ女性と、当時流行していたと思しき華やかな衣装をまとった女性とが言葉を交わす場面が描かれている【図3】。流行の服装とはいえ、顔の半分以上が隠れ、身体のラインも目立たぬように配慮されている点では「伝統的」

【図 3】「おやまあ、なんて格好だこと。恥ずかしくなくて？」「この進歩のご時世に、あなたこそ恥ずかしくなくて、その恰好」（*Hayâl*, no. 157, 5 Hazîrân 1291/17 Jun. 1875, p. 4）。伝統的な装いの女性（左）と当世風の華やかな装いの女性（右）。さいわい、互いに目元は開いているので、睨み合うことはできる。

な装いと大差ないようにも見える画面右手の「進歩的」な女性に対して、画面左手の「伝統的」な装いをした女性ムスリムも気位では決して負けていない。「伝統」と「近代」の二分法では割り切れない「人文的文化」の微妙な間合いを描き出したひとこまといえようか。

　近代トルコにおける諷刺文化の歴史的展開を考えるにあたり、「西洋化」の問題を避けて通ることはできない。もちろん、西欧諸国で蓄積された作画や製版のノウハウを当時のオスマン帝国の人びとが積極的に学び、利用していた点は否定しがたい。その意味で、近代トルコの諷刺雑誌の少なからぬ部分は、たしかに「西洋化」の所産であった。しかし、その「西洋化」の産物であるはずの近代トルコの諷刺雑誌が「わらい」の対象としてさかんに取り上げたのは、当時の言葉で「フランク病」（イッレティ・フレンギー）と呼ばれた「西洋かぶれ」の諸相であった。『ディオゲネス』第三二号に掲載された、その名も「フランク病」と題する論説は、それが蔓延する様子を次のように描写する。

この病は、表面上は危険ではないかのように見えながら、実際にはまちがいなく人の性質を豹変させ、美質を悪質に急変させる。この恐るべき病は、まずイスタンブルで広まり、当初はこの地でのみ猛威を振るっていたのだが、今や神護の国土〔オスマン帝国〕のあらゆる場所で流行している。〔中略〕この病気に罹った者は、履物にいたるまで外国人が作ったものでないと気がすまない。自分の産婆、子供たちの産婆、乳母、臨終に際して枕頭に控える者、そして死後に墓所に埋葬する者にいたるまで、みな外国人である。その振る舞いたるや、この哀れな者どもは病が高じた末に、最後の審判の日になっても外国人の弁護士を探し求めるといった愚かな考えに取りつかれて気がふれてしまったかのようである(7)。

このように「西洋かぶれ」を病にたとえる発想は、決してゆえなきものではない。というのも、「フランク病」という言葉は「梅毒」を指して用いられてもいたからであり、この小文の毒もそこにある。

その一方で当時の諷刺雑誌が、「西洋かぶれ」と裏腹の関係にある「伝統」への過度の固執、すなわちオスマン帝国の人びとの「頑迷」や「固陋」をも返す刀で嘲笑している点も見落として

【図4】「いいこと、あなた、気をつけて上手に写してちょうだい」(*Hayâl*, no. 119, 13 Teşrîn-i Sânî 1290/25 Nov. 1874, p. 4)。西洋近代の先端技術に注文をつける、顔を覆った女性ムスリム。彼女の美貌を捉えるのは至難の業であろう。

はならない。たとえば『幻灯』第一一九号には、同時代の先端技術たる写真機に対して、全身をすっぽり覆う伝統的な盛装をした女性ムスリムが「上から目線」で注文をつける様子を描いた戯画が掲載されている【図4】。それにしてもこの女性は、はたして西洋文明の先端技術を理解できぬ頑迷固陋の古い人間なのだろうか。それとも、これまでの自分の生活リズムを崩すことなく、しかも時代の趨勢に乗り遅れまいとする進取の気性のもちぬしなのだろうか。近代トルコの諷刺と戯画は、こうした「文化のだまし絵」の宝庫である。

諷刺の精神と表現の自由

さて、現代と同様、当時のオスマン帝国に住まう人びとも、権威や権力や既存の価値を相対化する手段としての諷刺や戯画の効用に一目置き、その意義を「出版の自由」や「表現の自由」の文脈で議論した。オスマン帝国では一八七六年、「アジア初の近代憲法」と評される帝国憲法(ミドハト憲法)が発布され、翌年には帝国議会が召集された。多元社会たるオスマン帝国の各地から多様な利害や背景をもつ代表者を集めて開かれたオスマン史上初の議会では、帝国憲法第一二条で「出版は、法律の範囲内において自由である」と規定されたことを受けて、それまで言論統制の手段とされてきた一八六四年制定の「出版印刷法」の改正をめぐる討議がおこなわれた(8)。なかでも最も白熱したのは、ほかならぬ諷刺雑誌の扱いをめぐる議論であった。

討議に先立ちオスマン政府が提出した同法改正案の第八条には、「オスマン領では諷刺専門の新聞は禁止される」とする一文が盛り込まれていた。この条項案をめぐって議員からは、ヨーロッパ諸国にも諷刺雑誌は存在すること、また法律の範囲内であれば発行を許可すべきであること、などの発言が相次いだ。これに対して、政府側を代表して答弁に立った出版印刷局長のマージト・ベイは、ヨーロッパ諸国の識者のなかにも諷刺雑誌をよく思わぬ者は多いと応じた。ここにいたって、イスタンブル選出のハサン・フェフミ・エフェンディは、「かりに諷刺新聞が他国に存在しないとしよう。ならば、われわれがそれを作り出さねばならない」として諷刺雑誌の発

【図5】「なんだい、そのざまは、カラギョズ？」「法律の範囲内での自由さ、ハジヴァト！」（*Hayâl*, no. 319, 8 Şubat 1292/20 Feb. 1877, p. 4）。帝国憲法第12条「出版は、法律の範囲内において自由である」の実態を皮肉っている。この戯画を掲載したかどで、発行人のテオドル・カサプは投獄された。

行に理解を示し、また「〔諷刺は〕道徳を損ねるというが、カラギョズあり、コメディあり、カジノあり、その他もろもろの娯楽あり。これらも実に道徳を損ねている。だからといって、これらを禁止することなどありえまい」として、諷刺文化の積極的価値を擁護する発言をおこなった。アレッポ選出のセブフ・エフェンディは、「この出版印刷法〔の法案〕が現れてからというもの、われわれは奇妙奇天烈なことを耳にしている。いわく、出版印刷は爆薬のごとし、諷刺はペテンのごとし、と。こうした妄言を一掃せねばならない」として、議論を出版印刷全般の是非にまで広げた【図5】。いずれの発言からも、当時のオスマン帝国にあって、「出版の自由」や「表現の自由」といった価値を、「西洋」の専有物としてではなく「東洋」にも「イスラーム」にも等しく開かれた普遍的価値として認識し、尊重しようとする人びとがいたことがわかる。諷刺雑誌の発行禁止に関するくだんの条項案が結局否決されたという事実は、近代トルコにおける文化理解の水準の高さを何より雄弁に物語っていよう。[9]

ところが、オスマン史上初の議会が召集された直後の一八七七年四月に勃発したオスマン・ロシア戦争（露土戦争、一八七七〜七八年）に際して、ときのスルタン、アブデュルハミト二世（在位一八七六〜一九〇九年）は、君主の非常大権を定めた帝国憲法第一一三条の規定にしたがって戒厳令を布告した。帝国の近代化の必要性を十分に認識しながらも、それをみずからのリーダーシップのもとに遂行することを望んだアブデュルハミト二世は、これにより憲法を停止し、議会を閉鎖した。むろん、諷刺雑誌の発行も禁止された。以後、近代トルコの諷刺文化は、産声を上げてまもないオスマン憲政もろとも三〇年間凍結されることになる。

こうしてオスマン領内での発行の自由を奪われた近代トルコの諷刺雑誌は、新たな表現の場を求めて「青年トルコ人とともに流亡の途に就いた」。[10] この時期にオスマン領外（実質的にオスマン領から外れていたエジプトも含む）で反体制派のオスマン知識人が発行した諷刺雑誌として、たとえば『幻灯 *Hayâl*』（ロンドン、一八九五年）、『ハミディイェ *Hamidiyye*』（ロンドン、発行年代不明）、『べべルーヒ *Beberûhi*』（ジュネーヴ、一八九八年）、『しみったれ *Pinti*』（カイロ、一八九八年）、『大太鼓 *Davul*』（発行地不明、一九〇〇年）、『ドラーブ *Dolâb*』（フォークストン、一九〇〇〜〇一年）、『木槌 *Tokmak*』（ジュネーヴ、一九〇一年）、『ジュルジュナ *Curcuna*』（カイロ、一九〇六年）などがある。これらの雑誌は、政治的に比較的安全なオスマン領外にあって、専制批判をもっぱらとした。とくに、当時のオスマン帝国の人びとにとっては公然の秘密であったアブデュルハミト二世の身体的特徴、すなわちその巨大な「鼻」は、専制批判の諷刺と戯画の格好の題材となった【図6】。

【図6】 実在したオスマン語新聞『努力 *İkdâm*』を熟読する「鼻」の御仁。眼光ならぬ鼻梁が紙背に徹している。ポケットからのぞいているのは、やはり実在の『秤 *Mîzân*』(右)と『情報 *Ma'lûmât*』(左)。アブデュルハミト二世期の執拗な検閲体制を象徴的に描いた青年トルコ人革命直後の戯画(*El-Üfürük*, no. 2, 17 Eylül 1324/30 Sept. 1908, p. 16)。

　そうしたアブデュルハミト二世のキャラクターはもとより、彼による「東洋的専制」も当時のヨーロッパ諸国の人びとの好奇と嘲笑の対象となり、もちろん諷刺や戯画に仕立てられて、オリエンタリズム的な「わらい」のネタを提供することになった[11]。たとえば、一九〜二〇世紀を代表するイギリスの諷刺雑誌『パンチ *Punch*』に掲載された一枚の戯画には、アジアの二つの老大国、オスマン帝国と清朝の君主が語らう様子が描かれている【図7】。向かって左手の、いわゆるトルコ帽を被った「鼻」の御仁がアブデュルハミト二世であることはいうまでもない。一方、画面右手の中国皇帝は徳宗光緒帝（在位一八七四～一九〇八年）のことを描いているはずなのだが、この戯画が掲載された一八九八年当時はまだ二〇代の青年であったにもかかわらず、明らかに老齢の病人として描かれている。なるほど、斜陽の老大国の君主が溌溂とした若者であっては、文字どおり絵になるまい。「オリエント」に対する歪んだ認識をまことしやかな「実態」に

【図7】「もう一人の病夫」。スルタン（快活な様子で）「もう駄目だって、ご老体？　心配ご無用。「ヨーロッパの協調」を一服飲めば十分さ。なぜって、私をご覧なさいな」（*Punch*, 8 Jan. 1898）〔東田雅博『図像のなかの中国と日本——ヴィクトリア朝のオリエント幻想』（山川出版社、1998年）172頁〕。近代トルコの専制君主として知られるアブデュルハミト二世は、帝国主義の時代のただなかにあって、「ヨーロッパの病人」と呼ばれたオスマン帝国の領土保全に尽力した。

仕立て上げてしまうオリエンタリズム的思考様式がみごとに反映された一枚といえよう。

青年トルコ人革命と「カートゥーン革命」

一九〇八年七月に発生した「青年トルコ人革命」によってアブデュルハミト二世の三〇年に及ぶ専制に終止符が打たれ、厳しい言論統制が緩和されると、他の定期刊行物と同じく諷刺雑誌も「出版爆発」や「カートゥーン革命」と呼ばれる再興期を迎えることになる。[12] もちろん、アブデュルハミト二世による専制の端緒を開く法的根拠となった帝国憲法第一一三条は即座に改正されたが、再興したばかりの当時の諷刺雑誌はその動向をいち早く戯画に仕立てる諷刺の精神を失ってはいなかった【図8】。既述のとおり、オスマン帝国の諷刺雑誌は一九世紀後半に最初の興隆期を経験していた。また、従来の研究では厳しい言論統制のもとにあったと考えられてきたアブデュルハミト二世の専制下にあっては、政治色の薄い文芸誌や業界専門誌が堅調な伸びを見せ、印刷や編集の面での技術革新も進展した。[13] したがって、青年トルコ期の諷刺雑誌は、決して一からのスタートではなかった。実際、前時代の蓄積を踏まえてこの時期に再興した諷刺雑誌は、二つの系統に大別することができる。一つは、一九世紀半ばの近代化改革期、すなわち「タンズィマート」の時代の形式と趣向を受け継いだ『カラギョズ *Karagöz*』（一九〇八〜五一年）に代表される諷刺雑誌である。もう一つは、『カレム *Kalem*』（筆、一九〇八〜一一年）や『ジェム *Cem*』

（一九一〇～一二年）に代表される西洋近代的な趣向を取り入れた諷刺雑誌である(14)。

「伝統派」とも呼ぶべき前者の系統の諷刺雑誌は、タンズィマート期の諷刺雑誌のおもむきを意識的に継承し、発展させた。たとえば、タンズィマート期にテオドル・カサプによって発行された『幻灯』がオスマン庶民の伝統的影絵芝居「カラギョズ」の登場人物同士の対話に託して諷刺をおこなっていたように、『カラギョズ』をはじめとする青年トルコ期の「伝統派」の諸誌も、諷刺の表現形式としてこの対話形式を踏襲した。そもそも前近代からオスマン庶民に親しまれてきた影絵芝居「カラギョズ」は、庶民代表のカラギョズとインテリ代表のハジヴァトとの掛け合いを軸にして進行するオスマン文化の伝統芸能であった(15)。このように芝居や物語や古典詩などを通して培われてきた前近代オスマン社会の諷刺文化は、一九世紀になって出版印刷がさかんになると、諷刺雑誌に新たな表現の場を見いだしたのである。カラギョズと

【図 8】「第113条が燃やされた日」（*Kalem*, no. 17, 24 Dec. 1908, p. 9）。危険人物に対する国外追放の規定を含む帝国憲法第113条の改正を喜ぶ人びと。

【図9】「すごいぞ、カラギョズ。こりゃまた、ごたいそうな宝石、ごたいそうな宝物じゃないか。」「見たか、レントゲンの威力を。だてにイスタンブルに入ってきたわけじゃない。そんなことより、一度こいつを頭にかざして、何がどうなってんだか、そのへんを知りたいもんだ」(*Karagöz*, no. 100, 12 Jul. 1909, p. 1)。退位直後のアブデュルハミト二世（左）をレントゲンで身体検査するカラギョズ（中）とハジヴァト（右）。アブデュルハミト二世と同世代のドイツの物理学者レントゲン（1845～1923年）がX線を発見したのは、1895年のことであった。

ハジヴァトも影絵のスクリーンから諷刺雑誌の誌面に飛び移り、あるときは諷刺や戯画のコメンテーターとして、またあるときはみずから諷刺劇の演じ手となって誌面を自在に飛び回る【図9】。同じく、トルコをはじめとする中東から中央ユーラシアにかけて広く伝わる小話集の主人公ナスレッディン・ホジャも、愛用のロバとともにしばしばこの時期の諷刺雑誌に登場した[16]。こここには、「西洋化」だけに還元することのできない、オスマン帝国の多面的で複線的な近代化プロセスの一端を垣間見ることができよう。なお、一八七〇年代に発行されたいくつかの諷刺雑誌に多くの作品を発表した諷刺画家のアリ・ファアト（一九一九年没）が青年トルコ期の『カラギョズ』でも画筆をふるったように、前時代からの文化的人脈も絶えてはいなかった。

他方、『カレム』や『ジェム』に代表される「西洋派」ないし「近代派」とも呼ぶべき系統の諷刺雑誌では、ヨーロッパ諸国に留学した経験をもつ者、また、一八八二年に開設されたイスタンブルの「美術学院」（現在のミマル・スィナン美術大学の前身）で学んだ者が戯画の制作に携わった。『カレム』の編集人の一人、ジェラール・エサト・アルセヴェン（一八七五〜一九七一年）は、イスタンブルの名門校ガラタサライ・リセで学び、「行政学院」（現在のアンカラ大学政治学部の前身）や先述の「美術学院」でも学業を修めた。こうした人びとは、それまで新聞雑誌の「添え物」の位置に甘んじてきた戯画を芸術の一ジャンルとして確立し、諷刺のための独自の表現形式として磨き上げることに貢献した。

前節で紹介したとおり、一九世紀後半の帝国議会では諷刺文化と表現の自由をめぐる議論が繰り広げられていたが、二〇世紀初頭の青年トルコ期にあっても、表現の自由と公序良俗と、そして個人の嗜好や信念とのバランスには一定の注意が向けられ、そのバランスを保つことに諷刺雑誌の側も意を用いていた。たとえば『カレム』の創刊号には、この点が次のように記されている。

カリカチュアとは、モデルの原形を損なわないようにしながら、そのある部分を――擬人化に際しては品位を保つという条件付きで――おもしろおかしく造形したもののことである。したがって、下に説明書きを付さなければ最も賢い者でさえ何であるのか理解に苦しむ露天市のカリカチュアを、われわれは出版印刷の自由に対する誹謗中傷も同然のものと見なす。なるほど、出版印刷は自由だ。しかし、一般的な道徳を傷つけたり、国民的な美質を損ねたりしてはならない(17)。

やや高踏的な物言いではあるが、二一世紀に入ってもやむことのないヘイト・カートゥーンに対抗する論理はここに尽きるといっても過言ではあるまい。それはさておき、当時のオスマン・ジャーナリズムの状況を眺めてみると、短命ながらもオスマン語、フランス語、ギリシア語、アルメニア語の四言語で発行された『奇術師 *Hokkabâz*』(一九〇八年)をはじめ、アルメニア・トルコ語でもいくつかの諷刺雑誌が発行されており、この時期にあってもなお多言語・多文字の言論状況に対応する出版環境が保たれていたことがわかる【図10】。

現代トルコ文化への跳躍

さて、一九〇八年の「カートゥーン革命」によって、一説によれば三〇以上の諷刺雑誌が登場したといわれるものの、その多くは短命に終わり、翌年には三分の一にまで減少したという。こ

【図10】「進歩に向かって」(*Hokkabâz*, no. 2, 10 Oct. 1908, p. 11)。画面下には、オスマン語（アラビア文字)、ギリシア語（ギリシア文字)、アルメニア語（アルメニア文字)、フランス語（ラテン文字）による四通りのキャプションが見える。

の傾向は、二度にわたるバルカン戦争（一九一二～一三年）や第一次世界大戦（一九一四～一八年）を経てさらに進行し、大戦終結の時点でオスマン語による諷刺雑誌はわずかに『カラギョズ』を残すのみとなった。しかし、文字どおり孤軍奮闘の末にこの難局を乗り切った同誌は、その後、オスマン帝国の終焉（一九二二年）とトルコ共和国の成立（一九二三年）はおろか、第二次世界大戦（一九三九～四五年）さえ飛び越えて、実に二〇世紀半ばまで発行を継続することになる。

　一方、『カレム』や『ジェム』など「近代派」の諷刺雑誌の継承者を自任して大戦終結直後に登場したのは、『棘 *Diken*』（一九一八～二〇年）であった。実際、同誌の創刊号には、その意気込みが次のように記されている。

わが国で『カレム』や『ジェ

ム』とともに誕生した諷刺は、やはり『カレム』や『ジェム』もろとも消滅した。この両誌は、われわれが諷刺について誇りをもって語ることのできる双璧をなしていた。しかし、四年にわたる戦争は、われわれの暮らしの全局面でそうであったように、諷刺の面にも深い傷跡を残した。日々直面する困難と欠乏によって、われわれは微笑むことから遠ざかり、泣くことに慣れきってしまった。今や、笑顔や浮かれ顔にはまれにしかお目にかかれない。逆に、この辛酸と悲嘆に満ちた暮らしにあって、どれほどおもしろおかしい場面があり、どれほど笑い転げる場面があっただろうか。四年にわたる戦争を通して涙を流し、泣くことに慣れきってしまった国民が、心安らかに笑い出すことほど自然なことがあろうか。そこでわれわれは、第一に『カレム』と『ジェム』がなくなることで生じてしまった空隙を埋めるべく、第二にわれわれの暮らしのなかのおもしろおかしい場面を見つけて、への字に曲がった口に微笑をもたらすべく、本誌『棘』を発行する次第である。(18)

同誌で活動した諷刺画家のセダト・スィマーヴィー（一八九八〜一九五三年）らは、第一次世界大戦とそれに続く混乱のなかで出現した「新富豪」（イェニ・ゼンギン）ないし「戦争成金」（ハルプ・ゼンギン）と、逆に一夜にして家財を失った「元富豪」（エスキ・ゼンギン）ないし「戦争貧乏」（ハルプ・ファキール）たちの姿を嘲笑する諷刺や戯画を数多く発表した。たとえば『棘』の創刊号には、その名も「戦争成金」と題する次のような小話が掲載されている。

貧乏な隣家に一人の息子がいた。ああだといっては大声を上げ、こうだといっては泣いていた。顔は傷んだリンゴのよう。そこからはすえた麴のにおいがしたものだ。学校からは追い出され、仕事もせずにぶらついて、ついにはご近所中のお荷物扱い。毎日フーテンのようにほっつき歩いていたものだ。顔色は悪く、目は虚ろ。だが、戦争が救ってくれた。われらが隣人はあっというまに富豪になった。手には手袋、房飾りつき。この前、「トカトルヤン」で見かけた。太い綱のような金モール。深紅のネクタイ。エメラルドのタイピン。レストランでありったけのものを注文しようと、給仕に声をかけた。「おい、ちょっと、いちばん高いのを一皿もってきてくれ。」[19]

「トカトルヤン」とは、イスタンブル新市街の目抜き通り（現在のイスティクラール通り）に面して一九世紀末に開業した超高級ホテルのことである【図11】。この小話の「新富豪」がどのようにして財を成したのかは記されていないが、一般に当時の戦争成金は物資不足と物価高騰を当て込んで、石油や石炭や薪、また砂糖や精麦などの必需品を巧みに売りさばきながら巨利を得た人びとであった。[20]同様の諷刺や戯画が同時代の欧米諸国や日本でも現れたことを思い合わせれば、近代トルコの諷刺雑誌は、史上初の世界戦争に直面したオスマン社会の歴史的経験を物語る貴重な史料であるばかりか、それ自体が二〇世紀前半のグローバル文化史の一角をなしていたことがわかる。

【図11】「トカトルヤンにて——何でもいいから、いちばん高いのをもってきてくれ」（Sedâd Simâvî, *Yeni Zenginler*, İstanbul: Kütübhâne-i Sûdî, 1334, p. 6）。イスタンブル新市街の超高級ホテル「トカトルヤン」で注文する「新富豪」。セダト・スィマーヴィーの戯画アルバムより。

そうした近代トルコの諷刺雑誌は、オスマン帝国の終焉に寄り添うとともに、その混乱期をまたぎこえて新生トルコの諷刺文化の基盤をなすことにもなる。ドイツ側で参戦したことにより第一次世界大戦の敗戦国となったオスマン帝国に対して、イギリス、フランス、イタリア、ギリシアなどの戦勝国（連合国）による占領と分割の動きが加速すると、トルコ近現代史のなかで「独立戦争」（イスティクラール・ハルビ）や「解放戦争」（クルトゥルシュ・サヴァシュ）、あるいは「国民闘争」（ミッリー・ミュジャーデレ）などと呼ばれるトルコ人の抵抗運動が始まり、やがて連合国を後ろ盾とするオスマン朝のイスタンブル政府と、各地の抵抗勢力を糾合したムスタファ・ケマル（アタテュルク、一八八一〜一九三八年）率いるアンカラ政府とのあいだに、二重権力状態ともいうべき政治的緊張が生じた。当時の諷刺雑誌の論調ならぬ画調も、この局面で二極化した。たとえば、『棘』の実質的な後継誌として発

【図12】「新たな攻撃に向けて」（*Güleryüz*, no. 4, 26 Mayıs 1337/26 My. 1921, pp. 4–5)。ムスタファ・ケマルと思しき人物を先頭に進撃するトルコ軍。見開き2ページの特大版のイラスト。

刊された『笑顔 *Güleryüz*』（一九二一～二三年）は、アンカラ政府を支持するという、まさにその一点に雑誌の命運を賭した【図12】。他方、当初はイスタンブル政府を支持していた『アイデデ *Aydede*』（お月様、一九二二年）は、やがて『アクババ *Akbaba*』（ハゲワシ、一九二二～七七年）と名を変えてトルコ共和国成立後もしたたかに生き残り、二〇世紀後半まで続く共和国史上最長寿の諷刺雑誌となった。こうして、近代トルコの諷刺と戯画は、オスマン帝国の主要後継国家の一つであるトルコ共和国に引き継がれることになる。

注

（1）エドワード・W・サイード『人文学と批評の使命——デモクラシーのために』（村山敏勝・三宅敦子訳、岩波書店、二〇一三年）xiv頁。

（2）中田考「幻想の自由と偶像破壊の神話——イスラーム法学からのアプローチ」（森孝一編『EUとイスラームの宗教伝統は共存できるか——「ムハンマドの風刺画」事件の本質』明石書店、二〇〇七年）二七八〜三一〇頁。

（3）中東イスラーム地域の諷刺文化に関する優れた論集として、Irène Fenoglio and François Georgeon eds., *Doğu'da Mizah*, 2nd ed.（İstanbul: Yapı Kredi Yayınları, 2007）.

（4）佐々木紳「ジャーナリズムの登場と読者層の形成——オスマン近代の経験から」（秋葉淳・橋本伸也編『近代・イスラームの教育社会史——オスマン帝国からの展望』昭和堂、二〇一四年）一一三〜一三七頁。

（5）オスマン帝国期の諷刺雑誌については、以下の文献が包括的な見取り図を示してくれる。Turgut Çeviker, *Gelişim Sürecinde Türk Karikatürü*, 3 vols.（İstanbul: Adam Yayınları, 1986–1991）. 本稿の記述の多くも、同書から得た情報に依拠している。なお、その続編ともいうべきトルコ共和国期のカリカチュアを扱った文献として、idem, *Karikatürlerle Cumhuriyet Tarihi 1923-2008*, 3 vols.（İstanbul: NTV Yayınları, 2010）.

（6）*Düstûr*, 1st series, vol. 1（İstanbul: Matbaʻa-i ʻÂmire, 1289）, p. 568.

（7）“ʻİllet-i Frengî,” *Diyojen*, no. 32（2 Temmûz 1287 / 14 Jul. 1871）, p. 2. なお、『ディオゲネス』と『鳶』に見える「西洋かぶれ」の問題を考察した研究として、Hamdi Özdiş, *Osmanlı Mizah Basınında Batılılaşma ve Siyaset (1870-1877)*: Diyojen *ve* Çaylak *Üzerinde Bir Araştırma*（İstanbul: Libra,

2010).

（8）帝国憲法の訳文は、粕谷元編『トルコにおける議会制の展開――オスマン帝国からトルコ共和国へ』（東洋文庫、二〇〇七年）五頁。近代オスマン帝国における出版印刷関連法制については、Ali Birinci, "Osmanlı Devleti'nde Matbuat ve Neşriyat Yasakları Tarihine Medhal," *Tarihin Hududunda: Hatırat Kitapları, Matbuat Yasakları ve Arşiv Meseleleri* (İstanbul: Dergâh Yayınları, 2012), pp. 124–201.

（9）以上、諷刺雑誌の発行の是非をめぐる討議については、Hakkı Tarık Us ed., *Meclis-i Meb'usan 1293=1877 Zabıt Ceridesi*, vol. 1 (İstanbul: Vakit, 1939), pp. 212–217.

（10）Çeviker, op. cit., vol. 1, p. 271.

（11）Necmettin Alkan, *Avrupa Karikatürlerinde II. Abdülhamid ve Osmanlı İmajı* (İstanbul: Selis Kitaplar, 2006); idem, *Karikatürlerle Oryantalizm: Avrupa'nın Türk ve Türkiye Algısı* (İstanbul: Selis Kitaplar, 2016).

（12）Orhan Koloğlu, *1908 Basın Patlaması* (İstanbul: Türkiye Gazeteciler Cemiyeti, 2005); Palmira Brummett, *Image and Imperialism in the Ottoman Revolutionary Press, 1908-1911* (Albany: State University of New York Press, 2000).

（13）アブデュルハミト二世期の言論統制や検閲体制の実態を再検討する近年の研究として、Fatmagül Demirel, *II. Abdülhamid Döneminde Sansür* (İstanbul: Bağlam, 2007); Ali Şükrü Çoruk, *Örnek Bir Vak'a Işığında Abdülhamit Döneminde Kitap ve Dergi Sansürü* (İstanbul: Kitabevi, 2014).

（14）第一次世界大戦直前の緊迫した国際情勢下で、当時のオスマン帝国の人びとが抱いていた「敵味方」のイメージを、『カラギョズ』、『カレム』、『ジェム』の三誌を軸に考察した研究として、Tobias Heinzelmann, *Osmanlı Karikatüründe Balkan Sorunu 1908-1914* (İstanbul: Kitap Yayınevi, 2004).

(15) 永田雄三・江川ひかり『世紀末イスタンブルの演劇空間——都市社会史の視点から』(白帝社、二〇一五年)。

(16) この小話集の邦訳として、護雅夫訳『ナスレッディン・ホジャ物語——トルコの知恵ばなし』(平凡社、一九六五年)。なお、同時期のザカフカースでは、『モッラー・ナスレッディン *Molla Nasreddin*』(「ナスレッディン・ホジャ」と同義、一九〇六〜一八年)と題するアゼルバイジャン語の週刊諷刺雑誌が発行されていた。イスラーム地域における「伝統」と「近代」との融合やもたれあいがユーラシア規模で生じていたことを示す好例である。

(17) "Karikatür," *Kalem*, no. 1 (3 Sept. 1908), p. 3.

(18) "Kārîlerimize," *Diken*, no. 1 (30 Teşrîn-i Evvel 1918), p. 2.

(19) Cemîd Bey, "Harb Zengini," *Diken*, no. 1, p. 3.

(20) Çeviker, op. cit., vol. 3, p. 60.

参考文献

粕谷元編『トルコにおける議会制の展開——オスマン帝国からトルコ共和国へ』東洋文庫、二〇〇七年

サイード、エドワード・W『人文学と批評の使命——デモクラシーのために』(村山敏勝・三宅敦子訳)岩波書店、二〇一三年

佐々木紳「ジャーナリズムの登場と読者層の形成——オスマン近代の経験から」秋葉淳・橋本伸也編『近代・イスラームの教育社会史——オスマン帝国からの展望』昭和堂、二〇一四年

中田考「幻想の自由と偶像破壊の神話――イスラーム法学からのアプローチ」森孝一編『EUとイスラームの宗教伝統は共存できるか――「ムハンマドの風刺画」事件の本質』明石書店、二〇〇七年
永田雄三・江川ひかり『世紀末イスタンブルの演劇空間――都市社会史の視点から』白帝社、二〇一五年
護雅夫訳『ナスレッディン・ホジャ物語――トルコの知恵ばなし』平凡社、一九六五年
Alkan, Necmettin. *Avrupa Karikatürlerinde II. Abdülhamid ve Osmanlı İmajı*. İstanbul: Selis Kitaplar, 2006.
———. *Karikatürlerle Oryantalizm: Avrupa'nın Türk ve Türkiye Algısı*. İstanbul: Selis Kitaplar, 2016.
Birinci, Ali. “Osmanlı Devleti'nde Matbuat ve Neşriyat Yasakları Tarihine Medhal,” *Tarihin Hududunda: Hatırat Kitapları, Matbuat Yasakları ve Arşiv Meseleleri* (İstanbul: Dergâh Yayınları, 2012), pp. 124–201.
Brummett, Palmira. *Image and Imperialism in the Ottoman Revolutionary Press, 1908-1911*. Albany: State University of New York Press, 2000.
Çeviker, Turgut. *Gelişim Sürecinde Türk Karikatürü*. 3 vols. İstanbul: Adam Yayınları, 1986–1991.
———. *Karikatürkiye: Karikatürlerle Cumhuriyet Tarihi 1923-2008*. 3 vols. İstanbul: NTV Yayınları, 2010.
Çoruk, Ali Şükrü. *Örnek Bir Vak'a Işığında Abdülhamit Döneminde Kitap ve Dergi Sansürü*. İstanbul: Kitabevi, 2014.
Demirel, Fatmagül. *II. Abdülhamid Döneminde Sansür*. İstanbul: Bağlam, 2007.
Fenoglio, Irène and François Georgeon eds. *Doğu'da Mizah*. 2nd ed. İstanbul: Yapı Kredi Yayınları, 2007.

Heinzelmann, Tobias. *Osmanlı Karikatüründe Balkan Sorunu 1908-1914*. İstanbul: Kitap Yayınevi, 2004.

Koloğlu, Orhan. *1908 Basın Patlaması*. İstanbul: Türkiye Gazeteciler Cemiyeti, 2005.

Özdiş, Hamdi. *Osmanlı Mizah Basınında Batılılaşma ve Siyaset (1870-1877):* Diyojen *ve* Çaylak *Üzerinde Bir Araştırma*. İstanbul: Libra, 2010.

Us, Hakkı Tarık ed. *Meclis-i Meb'usan 1293=1877 Zabıt Ceridesi*. Vol. 1. İstanbul: Vakit, 1939.

人文学における脱構築と精神分析の再考
――『ダロウェイ夫人』の修辞学的狂気をめぐって――

遠藤不比人

一

一九七〇年代のパリの論壇を席巻したのは「狂気」をめぐるそれ自体が「狂気」と称すべき言語であった。ショシャナ・フェルマンの主著『書くことと狂気　文学／哲学／精神分析』（初出仏語版一九七八年、英訳初版一九八五年）は、このような断言から序論を開始する。思えば、ミシェル・フーコーが「狂気」を、ジル・ドゥルーズが「分裂症」を、ジャック・ラカンが「享楽」を語り、それに準拠した言説的過熱こそがこの時代のパリの哲学を活気づけていた。言い換えるなら、おもに高等師範学校（エコール・ノルマル・シュプリエール）なるフランスの啓蒙理性を代表する学的制度が産出する哲学が「狂気」をめぐって言説的な過剰＝狂気を呈していた、ということになる。狂気に取り憑かれた理性の言語、理性の言語に取り憑く狂気、かかる交差対句法的な修辞学をここで採用してみたくもなる。フーコー、ドゥルーズ、ラカンに煽動／先導されて、理性の側にいるはずの誰もが、狂気をめぐる「言説的インフレーション」(一一三頁)に我もなく加担してしまった、そのような事態に遭遇するとき、この交差対句法、つまりは、狂気を語る理性、理性を騙る狂気、といった修辞学が要請されるのではないか。いささか結論を急げば、修辞学こそが、言語の/という狂気が宿る場所であり、時間であり、情動ですらある、という命題がフェルマンの著作を貫く。理性の「外部」たる狂気というそれ自体が空間的な隠喩(修辞学)を想起すれば、フェルマンの以下の陳述の了解も容易であろう。

狂気が実際に我らの日常(commonplace)と化したと語ることは、同時代の世界における狂気が、内部と外部の根源的な曖昧さを指し示すということを語ることであり、その条件は、この曖昧さがそれを語る主体(それが逃れ去るためだけに語る者)を逃れ去る限りにおいてである。かくして共通の場所(common place)と化した狂気とは、もはや我らの時代における単純な場所(トポス)と見なすことはできず、それはむしろ我らの時代こそが狂気という空間の中に包摂されてしまったというべきである。狂気をめぐるいかなる言説であっても自らが、自らが語る狂気の内部か外部であるのか、それを知ることはもはやできない。(一四~一五頁)

ここで示唆されているのは、理性=近代の「外部」たる狂気が理性=近代の「内部」と化す言語的かつ修辞学的な出来事あるいはスキャンダルであり、理性＝近代という等式を可能かつ説得的なものにする内部／外部という最も基本的な修辞学であっても、それが解体＝脱構築を免れぬ事態である。

この脈絡でフェルマンはJ・L・オースティンの言語行為論（speech act theory）を参照しながら、ポール・ド・マンを引用する。それを孫引きしてみたい。

説得の技術と見なすなら、修辞学とは行為遂行的（performative）なものであるが、比喩の体系と考えたとき、それは自らの言語行為を脱構築することになる。つまり修辞学とはそれ自体がテクストであり、そこでは二つの両立不可能な、相互に自己破壊的な視点を両立させてしまう。（二一五頁）

すでに見たように、理性の「外部」たる狂気がその「内部」でもあり得る、つまり理性それ自体を「狂気」と呼ぶべきテクスト／修辞学的な事態を目撃した私たちにとって、つぎのフェルマンの陳述も理解可能であろう。「この概念において修辞学とはまさにアポリアの構造にほかならず、その構造はいかなる読解の努力をも言語行為的に蹂躙していき、構造的に人間の悟性を解体していく」（二一五頁）。ド・マンを参照しつつオースティンの言語行為論を再解釈するフェルマンはこうも語る「行為という地位における言語行為とは、単純な認識（悟性）たる言語を疑問に付すのであるから、言語行為それ自体も自らがなしていることを知ることはできず、同様に自らがなにを知らないかを知ることもできない」（二五頁）。この修辞学的かつ言語行為的狂気こそをフェルマンは「文学と呼ばれるもの」（二七頁）と名付ける。ここで私たちは、文学＝修辞学＝狂気という等式を獲得する。

本論は、一九七〇年代から一九八〇年代にかけてフランスの現代思想から霊感を受けながら、英語圏、とくに北米の文学理論をラディカルに解体かつ改変していったド・マンあるいはフェルマンの批評言語を、二一世紀の人文学に再文脈化する試みである。英語圏の批評理論をめぐる教科書的な記述では、「イエール学派」としても知られる彼らの脱構築的かつ修辞学的読解は、文学テクストのみに淫する非政治的かつ非歴史的な批評言語として批判されるのが常である。本論はその紋切り型の評価に抗う。二一世紀の英語圏の文学研究は、読解するテクストの歴史化＝政治化を至上の目的とするが、その批評的営為において脱構築的かつ修辞学的読解の可能性を再考し、それをたとえばマルクス主義批評へと接続することを本稿は試みる。その意味で、本論は、英語圏の批評理論をめぐる教科書的な歴史記述への批判的介入でもある。具体的な読解対象としては、ヴァージニア・ウルフの代表作である『ダロウェイ夫人』（一九二五年）を選択し、その修辞学的な狂気と歴史を接続することにより、脱構築かつ精神分析批評の歴史学的かつ政治的な可能性を明らかにしたい。

二

フェルマン的な意味での「修辞学と狂気」という水準で再読するとき、伝記的かつ実存的、あるいは精神医学的な意味での「狂気」が語られることが批評的な前提となっているヴァージニア・ウルフという作家の言語は、いかなる相貌を示すことになるのか。フェルマンに従うならば、そこには精神医学的な定義による「狂気」とは自ずと次元を異にする（フーコーの『狂気の歴史』によれば「理性／狂気」なる境界設定を行ったのはほかならぬ近代の精神医学であるのだから）「文学」と呼ぶべきテクスト性あるいは唯物論（もの）性が出来するのではないか。ちなみにフェルマンが「文学」と呼ぶ「もの」は、大学的制度がそう名付けるカテゴリとは無縁である。彼女の『書くことと狂気』は、まさに「哲学」と「理論」と「文学」と「精神分析」という制度的な区別を「蹂躙」しつつ、フーコー、デリダ、ネルヴァル、フローベール、バルザック、ラカン、H・ジェイムズ、フロイトを同一の水準と定義による「狂気」と同定し、その言語行為的な自己解体を詳らかにしている。ここにおいて文学を解釈する際のメタ言語たる理論と哲学という形而上学は「文学＝狂気＝理性」というそれ自体が狂気じみた等式において雲散霧消する。

さて、『ダロウェイ夫人』の冒頭を吟味してみよう。そこにおいて露出しているのは、修辞学による「裏切り＝暴露」という言語行為である（英語において betray という語は両方の意味を同時に包含する）。冒頭の場面に関して必要最低限度の注釈を施せば、社交界の季節を迎えたばかりの六月のロンドンの心地よく晴れた朝、散歩に出かけた保守党議員の奥方たるクラリッサ・ダロウェイは、街（より正確を期せば、邸宅のあるウェストミンスター付近のヴィクトリア・ストリート）に溢れる雑踏を眺め、ある感慨に浸る。伝統的な英文学研究の解釈の流儀に従い、その彼女の意識に去来する美的な印象の連鎖を、ただ単純に「文学的」ないしはいささかより専門的に「意識の流れ」などと称して享受し、そこで思考を停止することは二一世紀の英文学研究においてもはや許されない。その読解の態度は、無自覚なまま、第一次世界大戦直後のイギリスの特権階級に属するこの婦人に非歴史的に自己同一化しながら、そこに刻み込まれている階級という差異を無化してしまうことになるから。

あの世にも汚い身なりの女、玄関先に座っている貧乏のどん底にあえぐ者だって（連中の零落に乾杯！）、わたしと少しも変わらない、法律で取り締まろうとしたって無理に決まっている、だってわたしたちは人生を愛しているのだから。街のひとたちの目の輝き、その軽い、元気のいい、そして重い足取りにだって、街の怒号と喧噪のなかに、馬車、自動車、バス、荷車、足を引きずって体をゆすって歩くサンドイッチマン、ブラスバンド、手回しオルガン、頭の上を悠然と飛んでいる飛行機の妙に高い金属音のなかにもあるの、私が愛しているもの、そう、人生、ロンドン、六月のこの瞬間が。（六頁）

この場面を多少なりとも慎重に読めば、ある構造的な特徴に気付くはずだ。それを一言でいえば、文体的（＝形式的）なレヴェルと具体的な内容（＝描写対象）との齟齬である。具体的にいえば、モダニズム文学の一大特徴と文学史の教科書が見なす「意識の流れ」として一般に知られる美的かつ感覚的な文体を体裁とするこの引用箇所は、そういった文章形式とは不似合いな描写内容（第一次大戦直後の経済危機、殊に失業問題、それと密接不可分な階級的矛盾など）を示唆しながらも、それらを美的な印象の連鎖のなかに解消、溶解してしまっている。物質的な貧困を審美的に解消し、「人生」という一語でもって、ロンドンを美的に享受する喜びを階級横断的に失業者に語りかけるテクストの言語を、いかに理解すべきか。

一方で「作者の意図」はどうなっているのか。一九二三年六月一九日、ヴァージニア・ウルフは日記に作品執筆の意図に関して明晰に述べ「社会システムを批判してみたい」という政治的欲望を披瀝している（五七頁）。事実、テクストは同時代の支配階級の政治的な抑圧をときに露骨かつ過剰なまでに弾劾もしている。しかしながら、テクストの細部を仔細に吟味してみると、こういった主題と同時に、過激な階級闘争に直面する『ダロウェイ夫人』のイデオロギー的な葛藤が視界に浮上してくる。ここで歴史家A・J・P・テイラーを参照してみよう。チャーティスト運動以来と称されるほど過激化した労働争議が頻発し、全国規模のゼネストが危惧された一九二〇年代前半の政治的状況において、支配階層の間に、先鋭化した労働者にたいする「恐怖」と、それと裏腹な形で彼らの経済的窮状に惹起された「社会的良心」がアムビヴァレントな形で併存していたと、テイラーは指摘する（一七六頁）。これと関連してみると興味深いのだが、レイモンド・ウィリアムズは「ブルームズベリー・グループ」における「社会的良心」について詳細に分析した結果、こう結論する。労働党左派のレナード・ウルフをも含めて、彼らの政治的ラディカリズムはブルジョワ的リベラリズムを超えるものではなく、それは階級的な義務感の産物に過ぎない（四八〜四九頁）。過激化する労働者階級にたいする「社会的良心」と「恐怖＝不安」。この葛藤が『ダロウェイ夫人』を読むための基礎的な前提になることをここで確認しておきたい。

　その視点を確保したとき、テクストの修辞学は解釈＝歴史化において最重要な役割を演じることになる。すでにフェルマンを通じて触れておいたが、文学の修辞性を精読する解釈は、テクストの修辞性、レトリックが、作者の意図＝主題を裏切り、それとは矛盾する欲望を暴露してしまう点を注視する。これもすでに見たように、ここで「裏切る」を英語の betray と訳してみたとき、この語の二重の語義である「裏切る、暴露する」は意義深い。作者の意図＝主題とは反対のことを語り（裏切り）、そこに隠蔽された意味を「暴露」するテクストの修辞学、つまりは『ダロウェイ夫人』のレトリックは、テクストの主題である「社会的良心」を裏切り、その抑圧されたイデオロギー的内容と読むべき「階級的恐怖＝不安」を暴露していく。この観点から再読するとき、『ダロウェイ夫人』は同時代の上層中流階級のイデオロギー的不安を隠蔽することによって露出した言語―修辞学―として歴史化されることになる。そうであるならば、さきほど引用をしたテクストの美的レトリック（なんてきれいなロンドン！）は何を語り、隠蔽し、暴露しているのだろうか？　この読解が最終的に目指すのは、『ダロウェイ夫人』を「政治と美学」あるいは「モダニズムの政治学＝美学」と呼ぶ得る歴史性において再解釈することである。その基礎的な手続きとして、ド・マンあるいはフェルマン風の脱構築とフレドリック・ジェイムソンのマルクス主義を接続する必要がある。

三

ポール・ド・マンは、文学の修辞性はイデオロギー（歴史）分析の特権的な場であると明言した。彼のイデオロギーの定義は明解である。テクストの言語（修辞）的世界と現実のそれを混同すること、である（三九頁）。ド・マンの批評の標的は、ロマン派が好んだシンボル、あるいはメタファー（隠喩）である。シンボル＝メタファーの機能を一言で言えば、本来は異質なものを強引に等号（＝）で結合することである。単純な例でいえば、「美しい君はぼくの人生にとってのバラだ」という陳述は、君＝バラ＝美しいという等号関係を成立させている。本来は別個の（場合によっては矛盾した）次元に存するAとBを、A＝Bとして表象する修辞的な欲望たるシンボルないしはメタファー、という視点をここで提出しておく。基本的にこの定義からド・マンが問題化したのが、現実には解決できない社会的矛盾や亀裂、たとえば階級的差異を、シンボルやメタファーによって強引に統合＝解消してしまうロマン派の「美学イデオロギー」であった（哲学の歴史でいえば、カントにおいて分裂していた悟性と感性を統合することを意味する）。シンボルあるいはメタファーの強力な等号＝統合機能が、現実には解決不能な政治的矛盾を一挙に審美的かつ想像的に解消してしまう修辞学的魔術。極論すれば、たった一個のシンボル＝メタファーが世界のあらゆる政治的かつ歴史的矛盾と差異を解消してしまう。そしてそこに現出するあるいは夢想される「有機的統一」ないしは「美的共同体」と表すべきロマン派的な特権的トポス。そこで暗黙のうちに忘却＝抑圧される現実の社会的矛盾。後に具体的に検討するが、現実には解決できない政治的問題を、美的＝想像的に解消する修辞学の機能に着目するとき、ド・マン的なイデオロギーの定義（修辞学的＝言語的事実と現実の世界との混同）が帯びる政治的意義は深い。

ド・マンの批評をこのように理解するとき、ある理論家との意外な接点が見えてくる。それは、フレドリック・ジェイムソンである。彼の『政治的無意識　社会的象徴行為としての物語』は、その題目が示すように、ド・マンのいう「美学イデオロギー」に近接した物語の政治的機能を強調する。ジェイムソンの物語＝小説の発展モデルを以下のように要約することができる。小説という近代の物語装置が現実に直面する諸問題を審美的な次元で解決していくプロセスと、その形式の発展の歴史を重ねる、これがジェイムソンの記述する文学史の根幹にある。その発展モデルは弁証法的である。ある時代の小説は直面する現実の社会的矛盾を審美的かつ想像的に解消しようと試みるが、自ずとその「社会的象徴行為」には限界がある。その形式的欠陥を克服かつ補完すべく新たな物語形式が歴史的に生産される。一方で、社会的矛盾、たとえば、階級格差、物象化といったマルクス主義的諸問題も、資本主義の精緻化にともない新たな段階を示す。それをふたたび審美的〈物語的〉に解消すべく、小説という近代的な美的言語もその「社会的象徴行為」の精度を向上させていく。ジェイムソンは、一九世紀的な物語形式の縮図をディケンズ／ギッシング的なパラダイムに見ている。これは、特に社会の階級的な矛盾、対立に直面した小説と呼ばれる物語形式がこの問題を美的かつ想像的に解消しようとした際に獲得した歴史的形式を意味する。このパラダイムの極限的な発展形式が、二〇世紀初頭の「盛期モダニズム」が駆使する「印象主義的戦略」であった。加速度的に進行する資本主義の諸矛盾に直面した小説的言語が、資本主義的現実のいっさいを美的な印象へ、美的なイメージへと解消かつ溶解してしまおうとする「文体的意志」。これがジェイムソンの定義するモダニズムの「印象主義戦略」である（一三五頁）。

ド・マンとジェイムソンの理論をいささか強引に要約することでその相同性を強調し、テクストの審美的な修辞学とその政治的なイデオロギー分析の接続の可能性について素描してみた。それを踏まえたうえで、より具体的な模範的達成とでも称すべき論文をここで参照してみたい。それは、スーザン・メイヤーの「インド製のインク　『ジェイン・エア』の植民地主義と修辞的戦略」と題されている。メイヤーは、シャーロット・ブロンテの当該テクストをしかるべくイデオロギー分析するためには、その修辞学を精査することが死活的に必要であることを見事に証明した。従来の解釈は、この小説を家父長制において抑圧された独立心の強い若い女性の成長物語として読み、フェミニズム的な視点からその反体制的な政治性を賞揚することで事足りていた。しかしながら、テクストのド・マン的な精読は、ブロンテの言語を構造化するより複雑なイデオロギー性と歴史性を前景化する。抑圧されたブルジョワ女性への共鳴というフェミニズム的な主題は、同様に抑圧された人種的、階級的他者というメタファーを通じて表明されるが（ここにおいてジェンダーという差異がメタファーの修辞的機能により、階級と人種という差異に同一化されている）、この修辞学はそれとまったく同時に彼らへの嫌悪、不安、そして恐怖を含意してしまう。たとえば、「黒」という語の比喩的な意味は、あらゆる被抑圧者たち（中流女性、下層階級、黒人奴隷）の表象として機能する（黒は、たとえば炭坑夫の身体的汚れ、奴隷の皮膚の色を意味し、その抑圧を含意する修辞的機能は中流階級の女性の表象にも流用される）。その次元において「黒」をめぐる修辞学は、彼らの政治的な解放を志向している。しかしまったく同時に、黒をめぐる修辞学の字義的な水準は、黒い皮膚をした有色人種への身体的な嫌悪をも含意してしまう。テクストの修辞学の比喩性と字義性との齟齬。階級、ジェンダー、人種といった相互に矛盾する政治的な差異によって重層決定をされた『ジェイン・エア』の言語。反体制的な政治的主題を構成するまさにその修辞学こそが、皮肉にも再生産し加担もしてしまう植民地主義。こういった政治的な葛藤に引き裂かれる場所こそがこのテクストの修辞学といってよい。

四

本論の冒頭で引用しておいたクラリッサ・ダロウェイの「意識の流れ」を、これまでに獲得をしておいた視点から再読してみると、ジェイムソンが定義する「盛期モダニズムの印象主義的戦略」の典型例として読むことができる。ここで注目すべきは、この美的文体を支える「メタファー的な同一化の暴力」というべき修辞性である。原文ではセミコロンが多用され、階級的かつ物質的に次元を異にする諸要素、たとえば、浮浪者、彼らの身体的な特徴、所作、複数の交通手段、街を歩く労働者階級、街の喧噪、審美的な享受の対象たる「人生」と「瞬間」が、並列されることにより、その間の文字通りの差異はまさにメタファー的な列挙と等号によって想像的かつ美的に同一化されている。いわば、現実には複数のレヴェルで次元を異にする諸要素間の差異が、修辞学的に解消され、それらはことごとく「ロンドン」という一個の美的メタファー／シンボルに包摂かつ還元されてしまっている。ここに見るべきは、ロマン派に特有の「有機体論的美学」のモダニズム版であろう。この美学＝政治学において、物質的かつ現実的な諸矛盾＝差異は、メタファー＝シンボルの同一化により隠蔽され、すべての矛盾した複数の要素は「有機的統一＝全体」に貢献するシネクドキー（提喩）的な「部分」と化す。シネクドキーとは「全体」と「部分」との相互補完的な一致、包摂、調和を志向する修辞法である。ロマン派の特権的なイメージたる「有機的全体」とは、このシネクドキー構造が高度に美学化＝政治化した歴史的な産物であり、現実の政治的矛盾を想像的に解消するブルジョワ的近代のファンタジーといってよい。この審美的な修辞学は、一八世紀から一九世紀にかけて本格的に始動した「近代 modernity」と呼ばれる政治・経済的システムの激変（典型例はフランス革命であるだろう）とそれに伴う諸矛盾に直面したブルジョワ詩人たちのイデオロギー的不安を隠蔽しつつ、まったく同時にそれを露わにする痕跡ともなっている。ジェイムソンが盛期モダニズムの「印象主義的戦略」を歴史化するに際して、ド・マンの政治＝美学批評が標的にする、かかる「美学イデオロギー」に寡黙であるのは不可思議である。ジェイムソンを参照しながらジェイムソンをしかるべく批判をするために、彼が定義する「モダニズム」を、先行するロマン派美学の弁証法的な袋小路（cul-de-sac）あるいはその政治的な末裔であることをここで強調しておきたい。ちなみにジェイムソン流の弁証法は、すべてを視覚的な印象に還元するモダニズムの印象主義的戦略がまさにその内部に視覚化不能な「もの」を生産してしまう可能性に触れているが、それについては別稿が必要とされるだろう。

さて、『ダロウェイ夫人』冒頭の描写法をモダニズムの「美学イデオロギー」と同定するのならば、それはテクストの随所において機能し、ロンドンをいわば一個の美的テクストと化している。たとえば、ある場面では、デモ行進をする失業者の群れは「トランペット」の音に還元されてしまい、ロンドンの喧噪と渾然一体となることで、この都市の魅力＝活気を演出する細部あるいは装飾に流用されることになる（一〇三頁）。一九二〇年代前半の政治状況、たとえば、『エコノミスト』誌が「史上最悪」と評した失業者の莫大な数（Taylor 一四五頁）、多数の流血事件に至ったデモ行進、ある歴史家が「内乱」と称した過激な階級闘争（Mowat 一二一頁）などを文脈としたとき、失業者の叫びがロンドンという都市＝シンボルを構成する美的かつ提喩的な要素、部分として表象されるこの箇所の美学イデオロギーの意味があらためて問われるべきである。

かくして、ウルフのモダニズムの印象主義的戦略、つまり現実的な社会問題の美的かつ想像的な解消は、階級闘争という歴史を抑圧しつつ、その抑圧の痕跡をテクストの表層―修辞学―に印付けていることが明らかとなる。ここで想起すべきは、ウルフがロンドンを散策する快楽を推奨するある随筆において、イースト・エンドの路上に見られる下層階級を美的に表象した果てにこう言い放つことである。「彼らの生活はこんなにも素晴らしいのだから、完全に悲劇的であるはずはない。彼らは、私たち、私たちの豊かさを恨んだりはしていない、と思う」（九頁）。この陳述の否定形は、正確にフロイトの定義による「否定」であろう。患者が夢の中の攻撃の対象たる女性像を「それは母ではない」と断じるとき「それは母である」と解すべきであると、フロイトは言う（二九五頁）。「下層階級は私たちを恨んではいない」というウルフの一文の意味するところは自明である。ウルフの美学化と呼ぶべき修辞的戦略は「歴史」の抑圧だけでなく、自らの階級的不安を抑圧しつつ、その痕跡をテクストの表層に刻み付けている。さらに正確に述べるならば、このテクストにおける部分否定（完全には悲劇的ではない）あるいは留保的な箇所（私は思う）は、この政治的な葛藤のテクスト的な痕跡である。言語行為論的に言えば、この陳述は事実確認的（constative）なレヴェルにおいては「恨んではいない」という否定形を採用しながら、その否定形（抑圧）それ自体がその否定の否定（肯定）を、言語行為論的（performative）ないしは精神分析的な次元において表明しているのである。

五

審美的な文体が華麗に踊るテクストそれ自体が、症候的に、一九二〇年代のブルジョワジーの階級的不安の表明と化している言語行為的な事実に注目するなら、クラリッサ・ダロウェイが娘エリザベスの家庭教師キルマンに示す憎悪には濃密な意味が宿ることになる。テクストは、クエイカー教徒たるキルマンの熱狂的な信仰にたいする宗教批判という脈絡においてこの憎悪の説明を試みるが、ある歴史的な事実を参照するとき、テクストのこの論理は説得力を失う。ある歴史家は、大戦後、クエイカー教徒が階級闘争に参加し、労働党左派に巨額の資金援助をしていた事実を指摘している（Mowat 一五一〜一五二頁）。テクストにおいても、キルマン自身が、革命後のソヴィエト・ロシアのためには乏しい私財を投げ打つ覚悟を明言している。

そのような文脈に照らしてみると、クラリッサのキルマンに対する憎悪が採用する修辞学は非常に興味深い。

この野獣のような怪物〔＝キルマン〕が私の中を蠢く、神経をやすりで削られる気がする〔中略〕、いついかなる瞬間にもこの怪物が蠢き出すかもしれない、この憎しみが病気をして以来とくにひどく、体内を乱暴に擦られて、背骨に苦痛を走らせるくらいになり、肉体的な痛みとなってしまい、きれいなもの、お友達とのつきあい、豊かな暮らし、愛されること、家庭をしあわせにすること、そういった私の喜びのすべてを、揺るがし、押し曲げてしまう、まるで怪物がほんとうに根っこのところをほじくり返しているみたいに、まるで満ち足りた生活を取り巻くすべての綺麗なもの（the whole panoply of content）が身勝手な自己愛にすぎないかのように！　ああ、この憎しみ！（一一一〜一一二頁）

ここで着目すべきは、原文を括弧内に引用しておいたが、the whole panoply of content という表現である。この panoply の語義は、まずは、比喩的なそれにおいて解釈すべきであるだろう。つまり、『オックスフォード英語辞典』（*O.E.D*）が示す比喩的な語義「何かを取り巻き、包み込む、美しくも華麗な装い、装飾」が文脈上適当かと思われ、実際に前記の拙訳はそれを反映したものである。つまり、原文で括弧内に引用しておいた箇所は、直前にある「美、友情、安寧、愛の喜び」とでも要約できる箇所と同格であって「充足をした支配階級の生活を取り巻き、それを美しく彩る一連の人生の喜び」とでも解すべきところである。

その一方で、キルマンにたいするクラリッサのほとんどパラノイア的な不安と恐怖を考慮したとき（直前の箇所では「戦い（battle）」という語が使用されている）この panoply という語の本来の字義的な意味「ひとそろいの鎧兜」や、そこから派生する「身を守るための完全武装」といった意味も当然のことながら連想される。その点から再読すれば、問題の部分に関して「階級闘争にあって、完全武装され、防御された、支配階層の充足した生活」という解釈が可能にもなる。テクスト全体を貫く「人生の美的享受」といった主題を彩る修辞学それ自体が、意味論的な反転を通じて、大戦直後のブルジョワジーの不安と攻撃性を指し示してしまう。テクストは、この言語行為論的かつ精神分析的なレヴェルにおける意味論的な混乱を制御することはできず、冒頭で触れたフェルマンが喝破するごとく、テクストの言語は自らが何を知らないかを知らない、そのような現場に私たちはいま遭遇している。

これに関連して注目すべきは、このクラリッサが思わず口走る panoply なる一語が喚起する映像「甲冑で身を固めた戦士」が、トーリー的な貴族主義者のパロディとなって作中に登場するレイディ・ブルトンを強烈に連想させるという点である。大英帝国の凋落をひたすら嘆くこの帝国主義的かつ戦闘的な貴婦人は、先祖の将軍たちと自己同一化しながら、まさに鎧と兜で完全武装する自らの姿を女だてらに夢想する。

イングランドとは一言だに口にしなかったが、男たちのこの島、このいとおしい、いとおしい大地は、この血のなかにこそある〔中略〕、もし女でも兜をかぶり、矢を放つことができるなら、攻撃のために軍を率い、野蛮人どもを断固たる正義でもって成敗してやるのに〔中略〕、帝国がつねに自分の手にあるように思い、あの鎧を身にまとった女神を連想して、姿勢は直立不動になり〔後略〕。

甲冑で身を固めた女神とは、紛れもなく、大英帝国の女神たるブリタニアの姿にほかならない。ブリタニアとは、大英帝国が危機に瀕するごとに、必ずといってよいほど、帝国を銃後で守る女性像として一八世紀以来生産されてきた表象である。

ここで強調しておくべきは、「社会システム」を弾劾することを主題とするこのテクストが、ブリタニアに身を擬するレイディ・ブルトンを揶揄の対象としている点である。それにも拘らず、テクストはその修辞学的なレヴェルにあって、この反帝国主義的な主題を裏切り、テクストの「社会的良心」を付与されているといってよいクラリッサとブルトンとのイデオロギー的な共犯性を暴露してしまっている。『ダロウェイ夫人』の言語は、かくして、主題的な水準と修辞学的な水準、事実確認的な水準と言語行為的な水準、さらに細部においては字義的な水準と比喩的な水準、の間に存在する齟齬ないしは捻れによって構造化されていることになる。このテクスト的な歪みともいうべき構造は、本論の冒頭で述べた「ブルームズベリー・グループ」のリベラルなイデオロギーの政治的な限界とそれゆえの葛藤、あるいはその歴史性がテクストに印した痕跡であり、かかるテクストの形式にこそ「歴史」と「政治」は受肉するのである。まさにその意味で、実証的な歴史主義者の採用する修辞学、つまりテクストの「外部」たる歴史なる隠喩は根源的に脱構築しなくてはならない。歴史はテクストの細部の修辞学的な齟齬、歪み、あるいは狂気にこそ宿るのである。そしてテクストは、その力学に無知であることにすら無知であるのだ。

六

歴史と政治が宿る細部としての修辞学的狂気（あるいは修辞学という狂気）という点からして、テクストの特権的な場面であるクラリッサの夜会について考えてみたい。注目すべきは、テクストを貫いて反復されるリフレイン The leaden circles dissolved in the air である。大気中に拡散するビッグ・ベンの音響を視覚化するこのリフレインの解釈は、従来おもに倫理批評的な水準（生と死の相克）に還元されてきた。実際、テクストはしばしば「死」を身体の拡散という比喩によって描き、夜会あるいはパーティを「拡散＝死」を克服する「生＝凝縮」を可能にする時空間として主題化もしている。テクストはこのリフレインを主題論的な次元においては、かかる倫理的な意味によって解釈するよう読者に奨励をしているのだが、それにも拘らず、あるいはそれゆえにこそ、このリフレインの修辞学が言語行為論的に、精神分析的に、かつ脱構築的になにを「行っているのか」を吟味しなくてはならない。

重要な点は、leaden という語の「鉛色」dull grey という字義的な意味である。テクストにあって grey という色彩は、繰り返し、しかもじつに執拗に、支配階層に属する登場人物たちの描写に使用されている。典型例は、優生学的な見地から大戦後の社会秩序の再建とそれゆえに精神疾患をその秩序から隔離する必要を説く精神科医たるブラッドショーにテクストが言及する場面である。より正確を期せば、この医者に隔離を強制される戦争神経症患者セプティマス・スミスのイタリア人の妻レイチアの意識が濃密に反映する自由間接話法が採用されている箇所に着目したい。

たぶん、とレイチアは思った、あれがサー・ウィリアム・ブラッドショーの屋敷、まえには灰色の車がとまっている。鉛色の輪が空気中に拡散した。まちがいなくそう、サー・ウィリアム・ブラッドショーの車。がっしりとした低い車体、見るからに力強く、灰色で、パネルの部分に簡素な字体の彼の頭文字が組み合わさっている、紋章をこれ見よがしにみせびらかすのは不似合いであるといっているよう、だってあの方は現代風の魂の救済者、科学の司祭だから、そして車が灰色なので、その落ち着いた色合いに合うように、車の中には、灰色の毛皮、銀色の毛皮、銀色がかった灰色の膝掛けが重ねてある。（七一頁、強調引用者）

The leaden circles dissolved in the air「鉛色の輪が空気中に拡散した」というリフレインから、まさに言葉それ自体が散乱しているかのように、灰色＝grey という語がテクストに散在している。この灰色という色は、ほかの支配階層に属する登場人物たちの描写にも反復され、また王室の車の色にも使用され、とくに「白髪」という意味を担いつつ、彼らの老齢と疲労を含意する比喩的機能を果たしている。

この点に留意すれば、leaden circles という語句を「大気中に拡散する鉛色の輪＝ビッグ・ベンの音響」という字義的な（と同時に審美的な）形象ではなく、ある政治的な含意をそこに読むこともできるはずである。つまり、circleという語の「輪」という字義的な語義ではなく「ある特定の目的を共有した人物たちの集団」という比喩的な意味に注目すれば、このleaden circlesという箇所を「年老いて疲弊した集団＝社会階層」と読み換えることができる。事実、テクストは一九二三年六月の社交界のシーズンを美的に表象しながら、この年の末の総選挙で労働党に政権を奪われる保守党の政治的な焦燥感を細部に描き込んでもいる。「大気中に拡散する鉛の輪＝ビッグ・ベンの響き」という審美的な時間論的形象（そこには無慈悲に進行する物理的時間という感覚と連動した「拡散＝死」対「凝縮＝生」といった倫理的な主題が組織される）を、テクストにおける主題論的／字義的次元と修辞性／比喩性の捻れ、といった形式的かつ歴史的な構造を前提に再解釈をしてみたい。その読解の地平に浮上して来るはずは「雲散霧消する灰色の疲弊した支配階層」と読むべき映像である。この階級的な崩壊感覚について、たとえばサミュエル・ハインズは詳細に論じ、第一次大戦直後に文学テクストが大量生産した「旧秩序の分解」をめぐる類似したイメージを数多く紹介している（一二四頁）。このようにテクストの修辞学的読解は、ゴールズワージーを代表とする保守系の作家が生産したこの形象とそのイデオロギーを、ウルフの言語が言語行為論的に隠蔽しつつ露わにしている次第を詳らかにする。ただし、ここで再確認すべきは、前者と後者の差異として、ウルフのテクストが修辞学的戦略を我知らずに駆使しつつこの政治的な焦燥を美的＝倫理的な主題と形象に書き換えているという点である。

七

この論点から、『ダロウェイ夫人』の最終場面でもあり特権的な意味を帯びているクラリッサの夜会つまりパーティについて再考してみる。その意味でつぎの引用箇所は興味深い。これは、パーティにスノビッシュに拘泥するクラッリサを揶揄するピーター・ウォルッシュの視点が前景化した場面である。

パーティを忘れないで、パーティを忘れないで、ピーター・ウォルッシュは繰り返した、通りを進むにつれて〔中略〕。（鉛の輪が大気中に拡散する）。ああ、パーティ、クラリッサのパーティか、と彼は思った。（三八頁）

このパーティの最中にクラリッサ本人が口にする言葉を引用してみよう「時計が時を打つ。鉛の輪が大気中に拡散する〔中略〕。けれど私はパーティに戻らなければ。みんなを集めなくては（she must assemble）」（一三八頁）。この二つの引用箇所を読むとき、あらためてこのパーティの政治性が問題とならないか。半年後に労働党に政権を奪取される保守党議員の妻が催すパーティ（この夜会の最中に首相、しかも明らかに一九二三年当時首相を務めたスタンリー・ボールドウィンに擬せられている人物が、あのレイディ・ブルトン、クラリッサの夫リチャードと現下の政治情勢について密談を交わしている）は、当時の支配階層の政治的な焦燥感の修辞学的な隠蔽＝表明となっていないだろうか。つまり、危機に瀕した支配階層、あの「拡散する疲弊した灰色の集団」を再結集（assemble）し、過激な階級闘争において団結を期する保守党の政治的決意をテクストの修辞学は抑圧しつつその痕跡となっているのではないか（『オックスフォード英語辞典』はassembleの語義として「戦いのために結集をする」を挙げているが、この意味は一六世紀に廃義となっているものの、このテクストの初期近代からの引用はその語義の賦活に貢献しているかもしれない）。このような視点に立つとき、テクストの修辞学的かつ言語行為論的な捻れと乖離がふたたび私たちの関心を惹く。『ダロウェイ夫人』における特権的な主題たる「パーティparty」という一語は、その美的かつ倫理的な含意を反転させつつ、夜会という語義と同時に「政党」というそれを帯びているのではないか。そのような解釈を排除しないのならば、あの「拡散＝死」「凝縮＝生」という倫理的かつ実存的な主題の意味論は、それが抑圧する露骨に政治的な主題によっても重層決定されていることになる。

第一次大戦直後の一九二五年に出版された、イギリス盛期モダニズムを代表するテクストとして文学史によって正典化されたヴァージニア・ウルフの『ダロウェイ夫人』の修辞学のごく一部を精読してみたが、その限りにおいても明らかなことは、ロマン派からモダニズム期にかけてジェイムソンが記述する小説という物語形式の弁証法的な発展と機能、それを踏まえたうえでのド・マンおよびフェルマン的な修辞学的読解の歴史主義的な意義である。繰り返せば、歴史とはテクストの外部にあるのではなく、その内部にこそ構造化される。その読解のためには、テクストの言語行為論的＝脱構築的＝精神分析的な矛盾と葛藤に分け入り、そこに受肉された「歴史」を読まなくてはならない。その意味でいえば、伝記的な事実としてテクストに外挿される作者ウルフの「狂気」という問題系についてもラディカルな再考を促される。狂気とは「言語」の外部にあるのではなく、むしろ言語＝修辞学の不可能性（決定不能性）という否定性にこそ宿るのであるから。もし人文学が、所与の時代の言語を歴史的かつ政治的に読解をする営為を意味するのであれば、かかる狂気＝否定性という問題系はその中核をなす要素であるはずだ。

本論は、『ダロウェイ夫人』窪田憲子編、ミネルヴァ書房、二〇〇六年に収録された拙稿「テクストの言語は作者を裏切る『ダロウェイ夫人』のレトリックを読む」に大幅に加筆し、修正を施したものである。

引用文献

De Man, Paul. *Resistance to Theory*. Minneapolis: U of Minnesota, 1986.

Felman, Shoshana. *Writing and Madness: Literature/Philosophy/Psychoanalysis*. Trans. Martha Noel Evans. Stanford : Stanford UP, 2003.

Hynes, Samuel. A *War Imagined: The First World War and English Culture*. New York: Atheneum, 1991.

Jameson, Fredric. *The Political Unconscious: Narrative as a Socially Symbolic Act*. New York : Routledge, 2002.

Meyer, Susan. "'Indian Ink': Colonialism and the Figurative Strategy of *Jane Eyre*." *Imperialism at Home: Race and Victorian Women's Fiction*. Ithaca: Cornell UP, 1996.

Mowat, C.L.. *Britain between the Wars 1918-1940*. London: Methuen, 1962.

Taylor, A.J.P.. *English History 1914-1945*. Oxford: Clarendon, 1976.

Williams, Raymond. "The Bloomsbury Fraction." *Problems in Materialism and Culture*. London: Verso, 1980.

Woolf, Virginia. *Mrs Dalloway*. 1925. Ed. Morris Beja. Oxford: Blackwell, 1996.

———. *A Writer's Diary*. Ed. Leonard Woolf. London: Hogarth, 1975.

———. "Street Hauntings: A London Adventure." *Collected Essays* 4. New York: Harcourt Brace, 1967.

ジークムント・フロイト「否定」『自我論集』中山元訳、ちくま学芸文庫、一九九六年。

人文学の役立て方
――『アナと雪の女王』をめぐって――

小野俊太郎

1　人文学を役に立たせる

「人文学は役に立たない」という表現があちこちでまかり通っている。人文学の代わりに「文系」、「文学」、「本」といった好きな言葉を入れて利用されることも多い。それに対して、「役に立たなくてもいい」といった鸚鵡返しの反論を見かけるが、これでは議論がすれ違いとなり効果がない。相手が道具や手段として人文学を扱っているのだから、こう答えればよいだけなのだ。「それは残念、宝の持ち腐れというやつですね。あなたが役に立てていないだけでしょう」と。

「人文学は役に立たない」といった暴言を吐く市民を生まないためにも、どのように役立てるのかをきちんと大学で教えなくてはならない。人文学は市民にとっての「常識」を形成している。ただし、常識だからさまざまに変化しているし、アップデートも必要となる。「ホームページ」ではなくて「ウェブサイト」とか、「後期印象派」ではなくて「ポスト印象派」といった訂正が不可欠となる。暴言を吐く人は半世紀前の古い常識を持ちだしていることが多い。しかも常識としての人文学は、まさに常識だからこそ万人が共有できる財産である。博物館や美術館が全市民に開かれているように、人文学の新しい知見は世界中の市民に開かれているし、またそうでなくてはならないはずだ。

こうした「常識」に対して、「教養」という言葉も使われるが、残念ながら概念としては骨董品となっている。他ならない大学で、「一般教養（パンキョー）」という科目が開講されてきたせいだ。大人数で教師との距離も遠く、内容も専門科目を薄めただけで興味をそそらない、といった偏見を与えてきた。これには、人文学が市民の常識を形成する、という使命を忘れたカリキュラム設定や、古臭い内容の講義を展開してきた教師の側にも責任がある。自戒をこめて、古い「教養主義」とは決別すべきだと思う。なぜなら、二十世紀末を席巻したパソコンすら古くなり、手元のスマホやタブレットを利用して、検索が簡単にできてしまう時代の学生には、彼らの興味関心を開いていくアプローチで接すべきだからだ。しかも、かつてのヨーロッパの「七学芸」には、理系も文系も入っていた。日本の「読み書き算盤」だって、理系と文系が入っている。これが人文学の基本設定だろう。

ここでは、最近のディズニー映画のヒット作である『アナと雪の女王』（二〇一三年）を取り上げながら、人文学の役立て方の一端をしめそうと思う。百二分の長さにさまざまな要素が凝縮されたこの映画を楽しむためには、いろいろな「常識」を働かせる必要がある。

映画料金分の元をとるには、あらすじだけではない濃密な時間を味わう読み方を知っておくことが得なはずだ。その際に人文学の知見がさまざまな精神的な利益をえるのに十分に役に立つし、「QOL」（生活の質）を高めることにもなる。これに反対する者はいないだろう。それとも、人文学に反対する人たちは、H・G・ウェルズの『タイムマシン』（一八九五年）に出てきたモーロック族のように、未来の暗闇の地下世界で、機械を操るだけで、あとは食人行為にふける怪物に退化させたいのだろうか。

誰もがまず気づくのは、『アナと雪の女王』というタイトルの「誤訳」である。日本のディズニー社による苦肉の策なのだろうが、原題は「FROZEN」で、直訳では観客に理解不能とされたのだ。だが、高校までの英語の知識があれば、「凍りついた」という意味で、省略箇所が二つあると気づくはずである。前に「主語＋be動詞」か、後ろに「名詞」が省略されている。このタイトルが英語でしめされた時点で、省略され欠如となった部分を観客が埋めるのを求めている作品だとわかる。

いちばん有名な「レット・イット・ゴー」という歌にも、「frozen」という単語がきちんと登場することを多くの日本の観客は気づかないままでいる。松たか子が歌う日本語訳の歌詞で到底理解できるはずもない。こうした訳は、サン＝テグジュペリの『星の王子さま』に「星」はないとか、モンゴメリーの『赤毛のアン』は本当は『グリーンゲイブルズのアン』だとか、いろいろと先例がある。映画のタイトルは興行を優先するせいか、とりわけ多い。そこで先入観を振り払って、実際にはどうなっているのかを捉え直す目が大切となる。この問い直しの方法こそ哲学をはじめとした人文学が長年鍛えてきたことではないか。それなしには物事に対する「反省」は存在しないのだ。

さて、雪の結晶が凍りつくところから始まった画面がタイトルとなる。氷を切り出す職人たちの労働歌となる。その歌詞が「凍りついた心」というキーワードをすでに述べている。タイトルの「フローズン」に欠けているのはエルサやアナかもしれないが、心や絆や愛情や友情や宮殿から国家まで候補はたくさんありそうだ。そして、心は心臓とつながるわけで、最後にアナがエルサに放った魔法によって、心臓から全身が凍りついていき、アナの金髪がエルサと同じく白くなり、さらに凍ったアナをエルサが抱きかかえることで二人の姉妹は和解することになる。じつは映画の最後でも、宮殿の先端で雪の結晶型の飾りがきらっと光るのだ。こうして新しい事態に「凍りついた」ところで話は終わる。

アンデルセンの『雪の女王』（一八四四年）をモチーフにしてはいるが、大胆に書き換えられている。アンデルセンでは、雪の女王にさらわれた男の子を、友だちである女の子が助けに行く話だった。おそらく私たちが比較して興味深いのは、宮崎駿の『となりのトトロ』（一九八八年）かもしれない。性格の違う姉妹も登場するし、何しろトトロ（？）も出てくる。CGアニメのピクサー社を作ったラセターがプロデューサーを務めている。ラセターはディズニーの社長になったが、熱烈な宮崎ファンだから、乗り越えるためにこの作品を企画したのかもしれない。こうした比較対照をすることで、日米の文化や価値観の違いが見えてくる。これはマーケティングやコスト計算だけでは見えてこない部分であり、人文学が担うのは確かだろう。

2 他者を理解するために

人文学の最大の功績は、「他者」を理解するための手法をあれこれと編みだしてきたことにある。それは同時に「私」とは何かを考える契機となる。もちろん、大人になっていくときに、思春期の学生は大きな課題を抱えているわけだが、現状では必要な人に必要な道具や知識が行き渡っているわけではない。

たとえば、アナやエルサは自分たちの悩みを試行錯誤しながら解いていく。それが彼女たちの「学び」であり、同時に冒険にもなってくる。「雪だるまつくろう」の歌で、それぞれは相手を思っているのに、ドアの反対側に背をもたれかけて分離している。この背中合わせになっている境界線をどのように解消するのかが、『アナと雪の女王』全体を貫く軸なのである。だからこそ最後に氷になったアナをエルサが正面から抱きしめることで、境界線が崩れていくのだ。

両親を失って模倣すべき大人のいない二人は自己発見をしていく。アナがエルサの戴冠式の日に「生まれてはじめて」を歌いながら踊る場面がある。そのときに、王宮のなかに飾られた数々の絵の場面を模倣することで、彼女が愛を受け入れる準備が整ったことがしめされていく。なかにはフラゴナールのちょっと危ないブランコをこぐ絵も含まれている。アナはこの後ハンスという南諸島から来た王子と衝突して一目ぼれをして、婚約までする。それをエルサは否認するのだが、姉妹喧嘩の怒りのなかで、禁断の魔法を使ってしまう。

そしてエルサは、戴冠式の日に王宮から逃げ出して、北の山に自分だけの孤独の氷の宮殿を作る。そのときに、エルサは「レット・イット・ゴー」を歌いながら、マントや手袋を脱ぎ棄てていく。髪飾りをほどくと長い髪が出現する。アメリカの大人の観客たちなら、高校で読まされたホーソンの『緋文字』やヘミングウェイの『武器よさらば』といったヒロインの長い髪の毛が性的な主張と結びつく小説の系譜を思い浮かべたかもしれない。そして自分の魔力で衣装も替えたエルサは、化粧気のない顔からアイシャドウをして、腰を振ってモンローウォークで歩いてくる。この女性性の発見こそが、二人の姉妹を子供から大人へと変えていく。

『アナと雪の女王』は、いつの日にかやってくる王子さまによって救済されるパターンではなくて、すぐに気づくように、「シスターフッド」という女性たちの連帯を踏まえたものである。新しい時代のドラマや映画で、ヒロインたちが親たちの教えや社会からの見えない壁や天井とぶつかりながら活躍してきたのと連動しているのだ。それが「ファミリー向け」のアニメーションに登場したことで歓迎され、親の世代にまで共感されたのだ。ディズニーは、『美女と野獣』(一九九一年)以来社会的なシリアスな課題を背景に置くことで、子どもだけでなくて同伴する大人も満足させる戦略に転じたことで生き延びてきた。

ただし、急いで付け加えなくてはならないが、この映画のなかでは、失敗から学んでいくコミカルな妹であるアナはクリストフを得るが、王座についたエルサにはどうやらまだ苦難が待っているようだ。しかも姉妹という点だけに注目すると、クリストフやオラフやトロルといった援助者たちの役割が見えてこない。彼女たちだけでアレンデール王国の国難を切り抜けたわけではないのだ。

アナの援助者であり、最終的にパートナーとなるクリストフは、聖クリストフォロスに由来する名前をもっている。スヴェンというトナカイと対話をしているように見えるが、腹話術的な会話をし、ニンジンをわけあう孤独な人間である。名前をアナに間違われて「クリストファー」ではないとわざわざ訂正するほどだ。この聖人が「キリストを背負う者」として、川で人を渡したりする守護者になっていることを知ると、なぜアナがハンスの馬ではなくて、クリフトフのそりで渓谷を飛び越えて北の山へとたどり着けたのかがわかってくる。

そして雪だるまのオラフは、エルサが作り出したものだが、「夏」にあこがれる雪だるまという逆説的な存在として境界線を越えている。オラフはコミカルな道化なのだが、『メリー・ポピンズ』（一九六四年）で、ペンギンと一緒にディック・ヴァン・ダイクが躍った場面をそのまま借用している。こうして過去を下敷きに新しい作品を作りあげているのだ。しかも、オラフの名は、十一世紀にノルウェーを統一した王で、のちに聖オラフとなったオラフ二世から来ているのかもしれない。またトロルが北欧神話の恐ろしい巨人ではなくて、丸い石というのには、宮崎アニメの影響を読み取りたいところだ。

このように聖人たちの名を冠した援助者のことにまでさかのぼると、エルサの使う異教的な魔法を制限して、キリスト教的な枠組みに抑えていることで、アメリカ社会のなかで受け入れられる作品になっていることが理解できる。一見普遍的で現代的に見える物語を、支える要素にまでさかのぼって調べたり考えることで全体の立体的な構造が見えてくる。

わかるように『アナと雪の女王』という一本の映画には、保守的なものからラディカルなものまでさまざまな考え方が詰まっている。ファンタジー作品をこのように解きほぐしていくのには、人文学的な知恵や知識が必要になってくるし、そこからアメリカの作り手と日本の観客の考え方の違いもわかってくる。どうやって自分とは異なる他者を理解するのかに関して、人文学は、心理、社会、歴史などのアプローチを極めてきて、分析の道具をたくさんもっているのだ。これを利用しない手はないはずだ。

3 想定外を生きるために

広く市民が人文学を常識として持つべき最大の理由は何か。それは想定外の事態が起きた場合に対処するためである。過去には政治家や経済人や投資家が「想定外」という言葉を連発してきた。だが、そもそも世界は想定外に満ちている。単純なイデオロギーを押しつける政治家や、視野の狭いプログラマーや、計画経済が好きな官僚や企業家といった計画主義者たちは、自分が想定し構築したシステムの内部で物事は進行すると考える。世界の模造として自分が作り出したモデルを絶対視するせいなのだが、しょせんは作り手の想像力の範囲内で整えたにすぎない。結果としていわゆる机上の空論を招き寄せてしまう。

システムが都合よく閉じていなかったら、すぐにも想定外の要因を呼びこむ結果となる。そもそも生物という存在は、外部に半開きになっているからこそ、外部から栄養をとりこみ、内部で消化し、再び外部へと排泄できるのではないか。生物が作り出す集団も同じだし、それは人間社会にも当てはまるはずだ。そうした「半開き」の状態で私たちは生活している。だとすれば、天災から人災までさまざまな要因で不確定的なのも当然ではないか。

『アナと雪の女王』のヒロインたちは、想定外の事態に次々と戸惑う。姉の魔法が妹を傷つけ、両親の死が訪れ、王国は氷結する。二人をつないでいくのは、子ども時代の「スノーマン＝雪だるま」の記憶である。エルサの魔法によってオラフは形を与えられるが、そうした想像力を「夢想」や「空想」として否定したり抑圧するのは簡単である。だが、ヴィクトリア朝の小説家であるディケンズは『辛いご時世』（一八五四年）のなかで、事実以外を余計なものとして教えない教育方法に痛烈な皮肉を述べていた。百五十年以上経過しても、今もそうした功利主義的な教育の主張が復活してきているのだ。

『アナと雪の女王』に描かれるファンタジーのような子ども時代の空想は卒業すべき無駄なことかといえば、もちろんそうではない。人文学が果たすべきなのは、さまざまな想像を社会でのシミュレーションへと結びつける援助をすることなのだ。それなしには「イノベーション」はありえない。これは自分が新しい選択肢を作り出すことでもあり、物語のなかでは、登場人物が運命を切り開く冒険に見えてくる。

エルサに冬を終わらせようとして、北の山へと向かうアナが魅力的なのは、自分の人生の選択肢を作り出す行動をとるからだ。アナがハンス王子を選ぶという過ちをしたときには、クリストフは選択肢に上がっていなかった。それが、北の山へと渓谷を飛び越えていったときから、しだいに気持ちが変化をしていき、最終的にハンスの本心を知り、オラフからヒントをもらったことで選択肢のひとつとなる。

自分の行動によって選択肢が変化するというのは、あまり意識しない。なぜなら、選択肢とは外から与えられるものだと信じ込んでいる人が多いせいだ。小学校以来の試験で、出題者に与えられた選択肢を選ぶことによってすっかり「凍りついた心」を持っている学生たちを、受動的なこわばりから解放する必要がある。確かにＴＯＥＩＣなどの四択試験は結果を数値化しやすいし、採点にも便利だが、それだけのことだ。現実社会では四択以外に、第五番目の選択がありえるし、それを探し出すのには想像力が大きな働きを持つ。

現在の大学に決定的に不足しているのは、人文学的な知や方法論を意識的に身に着けさせ、アウトプットする力を養成することだ。それが選択肢の幅を広げるだけでなく、新しい選択肢を作り出すことにつながる。しかも、古くなった人文学の常識を書きかえるために、研究する専門家とは別に、市民に向かって新しい知や方法を伝達する媒体者が必要になってくる。ジャーナリストや時事評論家もいるのだが、どうしても日常の報道が主となり、近視眼的になりがちなので、もう少し長期的なスパンで社会のことを考える人たちである。しかも社会のあちこちにこうした人材は必要となるはずだ。

理工系の研究でよく引き合いに出されるアメリカの大学には、理系のテクニカルライターの大学院コースがある。企業や政府の報告書の作成やさまざまな文書を作成する専門家が活躍している。また、個人年金の投資家のために、企業や大学の科学技術の研究の成果や特許や理論の意義を平易な文章で伝える役割を担っている。「ポピュラー・サイエンス」と呼ばれる分野にすぐれた執筆者がいるのもこうした事情からである。しかも、この職業からウィリアム・ガディスやトマス・ピンチョンといったアメリカを代表する作家も誕生している。

もう少し具体的なモデルと言えるものが、A・E・ヴァン・ヴォークトが書いた『宇宙船ビーグル号』（一九五〇年）というSF小説に出てくる。グローヴナーという主人公は、「ネクシャリズム（情報総合学）」の専門家で、広く浅くしか知識や理論を知らないので、千人の専門家を乗せた調査船内では馬鹿にされ孤立している。ところが専門家だらけの集団の議論を交通整理をし、意見を調停し、異星人などの未知との生物との戦いや交渉に道筋をつけていく。一九三九年に冒頭部分のエピソードが雑誌に発表されたときには、日本人の考古学者がその役割をになっていた。太平洋戦争前夜において、他者という異星人を理解するために横断的な知を働かせる必要が、アメリカ側で意識されていたことがうかがえる。

たしかに、哲学、歴史学、心理学、文学、社会学などと並べていくと「人文学」は今すぐには利益を生まず、他人の役にも立たないように見える。だが、未来を志向する点から、社会にとっては一種のセイフティネットとなる。テクノロジーの発達や導入で人工知能が人間を上回る「特異点」に達してしまうかもしれない。その時に、個々の局面を乗り切る戦術ではなくて、全体としての戦略に助言できるのが、人文学の役割なのだ。想定外の事態には、とりあえず過去や外部つまり他者の体験のアナロジーを使ってヒントを与えることができる。政治や法律や経済が現状に対応しているときに、後方支援をして、その方策そのものの是非すら問いかけたり問い直しをするのが人文学なのだ。

どうやら、「人文学は役に立たない」という否定的な表現は、未来に投資するための「人文学は今すぐには役に立たない」という表現として肯定されうる。将来に備えて保険や先行投資をしたり、船に乗るときに救命胴衣を着けておくようなものである。ガン保険を掛けた者全員がガンで死ぬわけではないように、確かに多くは無駄になるかもしれない。それとも功利主義の立場からすると、ガン保険の元をとるためにガンになることを勧めるのだろうか。社会のセイフティネットとしての人文学を削るとか縮小する、という意見がいかに馬鹿げているのかがわかる。

人文学の各部門は歴史も長く、課題を長期スパンで考えるためのものだ。それを株式市場の四半期決算の論理で扱うわけにはいかない。もちろん五年や十年という流れで、学問の内実や方法論が変わってきている。新しい知見を得るためには、人文学内の交流も行わなければならないだろうし、真の意味での「リストラクチャリング」を行うべきなのだ。それが市民の常識としての人文学を守り育てることにつながる、と私は思う。

Ⅲ

短歌と私
——前田透先生との時間——

林　あまり

若かった日の、最も大きな転機。それは歌人・前田透と深く関わっている。

透は歌人・前田夕暮の長男として生まれる（一九一四）。小学校から高校までを成蹊学園で過ごし、東京帝国大学経済学部卒、陸軍経理学校卒。二十五才（一九三九）のとき台湾で入隊、戦時中は主計中尉としてポルトガル領チモール島へ。戦いを嫌い、住民との交流、援助に励む。これが上官に忌避され、辺境に追放されるなどの経験ののち終戦、帰国。結婚、作歌を再開。貿易会社で働きつつ歌人として活躍。五十七才（一九七一）で成蹊大学非常勤講師となり、のち教授に。六十三才でカトリックに入信。七十才（一九八四）召天。

ここで私の話に戻る。身体の弱い子供だった。力の強い子にいじめられないか、小学校ではいつもびくびく。家に帰ると『少年少女世界文学全集』を読んで過ごした。本が友達という感じだった。

高校生になると読書の幅が拡がったが、詩の類は大の苦手。私は詩がわからない、つまらない人間なのだとコンプレックスを持っていた。

中でも古典の授業の、和歌にはまったく興味が持てず、百人一首すら覚えられない始末。

しかしある日、現代国語の教科書で、ごく短い言葉に出会った。「マッチ擦るつかのま海に霧深し身捨つるほどの祖国はありや」——作者は寺山修司。

どどーんと、崖にぶち当たる波が見えた。映画みたいだ、これが現代短歌か。古典の和歌とは全然違うんだな。——私はいろいろな歌集を読むようになった。なかでも前田夕暮の、型にはまらない短歌に、特にひきつけられた。

振り返ると驚きだが、担任の国語教師が、歌人だったのだ。当時、近藤芳美が代表の「未来」で活躍中の若手歌人・中島直子である。私の作った〝短歌もどき〟を時々見てくれるようになった。彼女が「あなたの好きな前田夕暮の息子さんが、成蹊大学の先生してるわよ」と言ったことが、その後の私の人生を大きく変えるきっかけとなった。

「前田夕暮の息子さんだという先生から短歌を学びたい」と成蹊大学文学部日本文学科への進学を決めた。ちょうど私の通う高校に、推薦入学の枠が一名あったのも不思議なことである。

入学後、オリエンテーションが行われた。高校みたいにクラス担任の先生がいるという。先生の名前は前田透。ン？　前田？

そう、「前田夕暮の息子さん」の前田透先生が、私の担任になったのだ。

緊張して教室に座っていると、ヒョロローっとしたおじいさんが入ってきた。丸いメガネがやたらに目立つ。「じゃあみんな、自己紹介してもらおうかな」。

順番が回ってきて立ち上がる。「えーと私は、短歌がやってみたいです」と言ってしまった。

前田先生は丸い目玉を更に丸くして、「へぇー、若いのに珍しい人がいるんですねぇ」と仰った。

全員の自己紹介がすむと、先生は私を呼んで「短歌書いてるの？だったら作品を持って、水曜の昼休み、教授棟の私の部屋にいらっしゃい」

翌週、おそるおそる訪ねていくと、「お弁当持ってる？ああそう、そこのコーヒー、カップについで」と言われて、あたふたとお給仕をする。先生は、奥様お手製のサンドイッチを召し上がると、私の〝短歌もどき〟のノートを見て、ふんふんと読み、「これからは作ったらいつも持ってらっしゃい」と仰った。

水曜の昼休みに前田先生のお部屋に通う日々が始まった。先生は、「クラスの友達も連れてらっしゃい」とのことで、毎週日替わりゲストのように、誰かクラスメイトを連れて行った。前田先生は人気トップの名物教授で、希望者が大勢いたのだ。

先生はゲストの大学生活に興味津々で、サークルのこと、アルバイトのことなど熱心に聞いていた。若者文化に関心があり、変わったスタイルの服には「そのファッションは名前があるの？」と尋ねたり。そして聞いたことはいちいち手帳に書き留めるのだ。ゲストはみんな、「楽しかった～、行って良かった」と言ってくれる。

この辺りでいくつか歌人・前田透の短歌を記しておこう。成蹊学園が舞台になっている作品に絞った。

われに不可解なるもの親しきものひとしく若き
面輪をもてり

北風のキャンパスを先生と声かけ来るU君今年は
卒業したまえ

チョークの粉袖に飛ばして講義するよしなき生と
今は思わず

学園前バス・ストップに時雨降り少女群れてセージの匂い立つ
木洩れ日が昨日のようにゆらめけば少し風立ち最終講義に行く

（『前田透全歌集』短歌新聞社より）

入学から数ヶ月経ったある日、前田先生が「あなたの短歌、載せておいたよ」と仰った。先生の主宰結社誌「詩歌」を渡されて、わーいと喜び、早速自分の名前を探すが見つからない。百人以上の作品が載っているので、見落としているのかも…と何度も見返す。

やっと見つけた、自分の名前。それはなんと小学生の欄にあった。「詩歌」には、小・中学生の作品だけを集めたコーナーがあって、私の名前と短歌はそこに載っていたのだ！

私の短歌は小学生レベルだということなんだな。なんだか妙に納得して、落ち込んだりはしなかった。

この件について、先生に理由を聞いたことはなかった。私の短歌が下手すぎて、ほかの大人と一緒ではかわいそうだと思ってのことかもしれない。なんであれ、普段は優しい先生だが、短歌については厳しかった。

しばらくして、若い人たちの作品コーナーに載せてもらえるようになり、嬉しかったのもよく覚えている。

前田先生の授業では、私は一番前に座った。先生は教室に入ると「マリちゃん（私の本名は眞理子）、先週はどこまで行きましたかねぇ」なんて仰って、私はほかの学生がどう思うだろうとヒヤヒヤした。でもみんな、あの子は前田先生の弟子らしいと思ってくれて、気にしていないようだった。

「詩歌」に正式に入会してからは、毎月の歌会に出席。短歌の批評を受けるようになった。

ほかに先生のご自宅での、編集・校正作業にもお手伝いに行くようになった。雑誌が出来る過程を初めて目の当たりにした。作業のあとは、先生がご馳走してくれる店屋物の天丼をいただきながら、みんなで短歌の話をした。

寺山修司への憧れから、芝居に興味を持ち、演劇部に入った私。大学で芝居をやる、というと、そのたびにわざわざ観に来てくださった。しかも、追分団子の箱をどっさり持って。あれは痩せた先生には、ずいぶん重かっただろう。やはり観にきていた母が、「前田先生、あんなにどっさりお団子持ってきてくださったのねぇ」と言っていた。

真冬に講堂で芝居をやったときは、ダルマストーブを置き、簡易カイロを配ったけれど、それでも寒い。観にきていた前田先生がそのときのことを一首にしている。

講堂の闇にストーブを強く焚け学生劇団の声若きとき

身体の弱い、暗い少女だった私は、短歌と演劇に打ち込むようになり、毎日が忙しくなった。もちろん根っこの暗い性格はそのままだけれど、活発なと言えるくらいに動くようになった。とにかく人と関わって、一緒に何かを作ることで、自分の暗さなど気にしている暇もなくなったのだ。

充実の大学生活。卒業後は大学院に進めたらいいな、でも英語の試験あるから無理かな、なんて考えるようになった。前田先生に短歌を学び、出来たら高校の国語の先生になって、いつか自費出版の歌集を出す――というのがささやかな夢となった。

大学三年になると先生の原稿を「毎日新聞社に持っていって」と渡され、新聞社に届けるおつかいをしたり、雑用を少しお手伝いしたり、「育てていただいている」実感があった。

そんな楽しい毎日が粉々に砕けたのは、三年生も終わりに近づいた冬。先生がバイクにはねられ、亡くなったのだ。

あまりに突然だった。それまでに三度の大手術をして、胃も全摘、危機を生還してきた。痩せてはいてもエネルギッシュに仕事に励んでおられた。先生が事故に遭われたと知ったあと、呆然として家にいた私に、遠藤宏先生がお電話をくださったのを今も思い出す。成蹊大学は、先生方が実に細やかで優しい。

イグナチオ教会での、小雪の舞う葬儀、私は教会の壁に取りすがって泣いた。それから一ヶ月くらい、涙が止まらなかった。大切な人が天に召されるのは初めての経験だった。

前田先生の遺言により「詩歌」は解散した。遺された者たちが苦労しないようにとの、先生らしい配慮だったのだろう。先生を慕っていた者たちで新しく同人誌を作ることになった。一番年下の私も参加させてもらった。同人誌は「かばん」と名付けられた。

私は悩み始めた。それまでは前田先生にほめてもらいたい一心で短歌を作ってきた。先生はもういない。短歌を作る理由がない。それでも短歌が作りたい気持ちはやはりあるのだ。

そんなとき初めての恋愛をした。相手は一回り上の既婚者。奥手でボーイフレンドさえいなかった私が、急にドロ沼にはまったような状態になった。

容姿も冴えない地味な娘だけど、自分は真面目だけが取り柄だと思っていた。しかし実は真面目ですらなかった。私は本当に悪い、醜い人間なのだ――そう気づいてしまったことが一番ショックだった。

「奥さんもキミも両方好き」と屈託なくニコニコする男の横で「あたしはもうダメだ…」と思ったそのとき、「これを、このことをこそ、短歌に書かなければ」という思いが、お腹の底から湧き上がってきた。

性の場面もそのまま書こう、と決めた。でもただの手記みたいなのはイヤだ。いろいろ考えて、大好きな八百屋お七をモデルに、江戸と東京を行ったり来たりする設定にした。成蹊図書館に通い、お七について調べ、浄瑠璃を読んだ。そうやって「夜桜お七」という女性を作っていった。

同じ頃、私は卒論のテーマに悩んでいた。前田先生の指導を受けて寺山修司について書く予定だったが、先生がいないのでは、書く気になれなかった。寺山修司はその一年前に亡くなっていて、私にとって、修司と透、心の師二人を失った状態だった。

四年生なのに行くゼミもなく、なんの関係もない堀辰雄のゼミにお情けで置いてもらっていたが、堀辰雄で書く気にもなれない。

テーマも決まらず、書く気力もなく、卒論担当教授の羽鳥徹哉先生に面談に呼ばれた。「林さん、前田先生のこと大変だったね。で、卒論どうしますか」「はあ…私、寺山修司のつもりだったんですけど、なんか書く気になれなくて。前田先生に見ていただけないのに書いても…」

するとと羽鳥先生は「じゃああなた、前田先生のこと書きなさいよ。歌人・前田透論。どうかな？」

びっくりした。その瞬間、視界が開けた。（そうか！前田透論！それだ！）

「はい、そうします！」と即答したと思う。

まずは前田先生のお宅にうかがって、奥様から先生の著書をいただだいた。先生のご本を読んでいると、青春時代のこともわかってきて、先生が近しく感じられた。心が温かくなるような時間。これこそ「喪の作業」というものだろう。私はだんだん元気になっていった。先生は今もいらして、見ていてくださる、そう確信した。

卒論も無事に提出した。長さだけは学年一番、という「前田透論」一七〇枚。のちに羽鳥先生のお計らいで、大学の紀要に短縮版を載せていただいた。

同人誌に載せた「夜桜お七」というヒロインで作った短歌は、思いがけない波紋をひろげることに。性の短歌が非難ごうごうの目に遭ったのだ。

前田先生の弟子のひとりの、年配の女性などは、同人誌に「林あまりの短歌、嫁入り前の娘があんなふしだらなことを書いて。前田先生のお墓の前で手をついて謝らせたい」と書いたほど。

これには驚いた、そして腹が立った。（前田先生ならきっとこの短歌にちゃんとした批評をしてくれるはず。ふしだらだなんて、先生はそんな石頭じゃない）と思ったのだ。

いっぽう、付き合っていた既婚者の男は「キミは、これからもこんな短歌書くの？」と訊いた。「書きます」と答えたら「じゃ、さようなら」と去っていった。あっさりしたものだ。笑ってしまうほど、私はひとりぼっちになった。

四面楚歌とはこういうことか…と思いつつ、風に吹かれるようにさっぱりした。とは言え、まだ二十一才、気持ちは揺れた。これで本当にいいのか、迷っていた。

そんなとき、マガジンハウスの詩の雑誌「鳩よ！」編集部から連絡があった。私の短歌を載せてくれるというのだ。のちに編集長になる石関善治郎氏とお会いした。それからは私の短歌についていつも厳しく批評してくださるようになった。「短歌の専門家とは違って、僕はこれが文学として通用するかどうかという目で見るから。文学としていいものが書けるよう頑張りなさい」と言われ、心は定まった。何を言われても、私は文学をめざそう。上手な短歌なんか知るもんか、自分のことを臆することなく書こう、と。

今思えば、このときこそ、お稽古事感覚だった短歌から、表現へと踏み出す第一歩だったのだ。

批判された「夜桜お七」の短歌は、のちに小西良太郎プロデューサーのもと、歌手・坂本冬美の歌う演歌の詞に書き直す機会を得た。三木たかし氏の斬新な曲によって、大きな作品にしていただいた。あの大学四年のときにくじけていたら、そういう出会いもなかっただろう。

「鳩よ！」では、短歌のほかに劇評も書かせてもらえることになった。これも厳しく教えていただいた。深夜まで編集部の隅っこに居残って書いた。

前田先生が亡くなったこと、それは大学生の私には、人生最悪の出来事だった。悲しみに押し潰されそうだったし、将来の展望もすべて失ったかに思えた。

けれどあの悲しい経験こそが、私を表現の道へと押し出したのだ。

在学中に短歌と劇評を書き始め、気づけば五十代の現在も、まったく同じことをして生きている私。

成蹊大学の非常勤講師のお話をいただいたのは揖斐高先生から。羽鳥徹哉先生退官記念の最終講義、聴きに来ていた私に声をかけてくださった。成蹊大学で文章のクラスを担当するようになった。それからしばらくして羽鳥徹哉先生が「武蔵野大学で短歌の授業をやりませんか」と呼んでくださった。その羽鳥先生も亡くなられた。

在学中ばかりか、卒業後も、成蹊大学で出会ったすべてが、いまの私の仕事を、そのまま支えている。

今は成蹊大学でも、短歌のクラスを持つことが出来ている。前田先生が亡くなって三十年余りの時を越えて、短歌の授業が出来る巡り合わせ。これは神様からの素晴らしいプレゼントだと信じている。

前田透先生との日々は、若かった私の、最も美しい、黄金色に輝く時間だった。

ここでちょっとオマケのエピソードを。

二〇一五年秋の文学部の講演会に、演劇部の美人の先輩・銀子さんが「あまりちゃんの名前があったから」と来てくれた。卒業後初の再会。嬉しくて、直後の私の結婚式（！）にお招きした。するとと結婚式でこれまた三十年ぶりの再会を果たした銀子先輩とナガイ先輩が、同窓会をやろう、と盛り上がって、演劇部の同窓会が企画された。

来週、吉祥寺のお店で五十代、六十代の元演劇部員が集まる。集合場所は欅祭の、欅並木。出会いから出会いへとつながっていく人生は、やはり捨てたものではない。先輩たちと、欅祭巡りをする日を、わくわくして待っている。

最後に、前田透の代表歌を紹介する。たくさんの人に知ってほしい一首だ。

わが愛するものに語らん樫の木に日が当り視よ、
冬すでに過ぐ

日本古代史研究と〝大きな物語〟の終焉

有富純也

一

戦後歴史学を代表する研究者、石母田正の代表作をあげるとすれば、彼の前期の著作『中世的世界の形成』（伊藤書店、一九四六年。後に岩波文庫、一九八五年）であることに異論はないでしょう。さらにもう一冊あげよ、といわれたなら、日本古代史研究者であれば、後期の著作『日本の古代国家』（岩波書店、一九七一年。後に岩波文庫、二〇一七年）をあげる人が多いかもしれません。確かに『日本の古代国家』は、発刊後四十五年たつ現在においても古代史研究者のバイブルであり、私も学部生のとき、大学院生の先輩に読むよう薦められたことを覚えています。近年の若手研究者や大学院生のなかには読んでいないという人もいるようですが、古代国家を論ずるならば、必ず触れなくてはならないものであると、個人的には考えます。

さて石母田は、マルクス主義的な立場から日本古代・中世史研究を牽引しましたが、石母田からの影響を受けたか否かは別として、戦後、マルクス主義的な歴史学を標榜し、論文や著書を発表した研究者もいました。私の専門である日本古代史研究に限定していえば、吉田晶・原秀三郎・鬼頭清明・長山泰孝・吉村武彦・大町健などがあげられると思います。

右の人名をみて、一つ気づくことがあります。彼らの中には、一九五〇年代後半以降に生まれた人物がいないのです。最年少である大町は、一九五二年の生まれで、一九七八年以降から論文を公表しています〔大町一九八六〕。しかし大町以後の研究者は―私の恣意的な考えかもしれませんが―、マルクス主義的な歴史学を取り入れない、もしくは表面に出さないという姿勢を貫いているように思われます。それが意識的にか、無意識なのかはわかりませんが、少なくとも一九七〇年代末から一九八〇年代にかけて、マルクス主義的な日本古代史研究は、次第に公表されなくなっていったのです。

私は、二〇〇九年三月、『日本古代国家と支配理念』を上梓しました。そこで国家、特に古代国家をテーマとし、その成立や展開過程について、理念的な面について検討しました。序章の「古代国家研究の現状」では、ソヴィエト連邦や東欧諸国が崩壊し、唯物史観を再検討しなくてはならないにもかかわらず、近年の古代国家研究が停滞していると考え、新たな国家論を提示する必要性を説きました。

しかし、事はそう単純ではなかったのです。一九九〇年前後のソ連や東欧諸国の崩壊は、マルクス主義歴史学という物語のエピローグでしかなく、いわば「ダメ押し」の出来事だったようです。日本古代史研究におけるマルクス史観の衰退は、それ以前、一九八〇年代から始まっていたのだと考えます。

二

少し目を転じてみましょう。一九八〇年代に入ると、人文社会科学分野の一部では「ポストモダン」と呼ばれる時代になります。「ポストモダン」という言葉を忌避する人もいますが、少なくともこの時代にはマルクス主義の限界が叫ばれるようになり、いわゆる〝大きな物語〟が終焉したといわれています〔仲正二〇〇六〕。

このような時代の流れのなか、古代史研究者も少なからず影響を受けてしまった可能性があります。〝大きな物語〟は終焉しました。にもかかわらず、日本古代史研究は生き延びます。なぜなら、歴史学は幸か不幸か、史料さえあれば〝大きな物語〟などに左右されず、実証研究が可能だからです。

そのような状況のなか、古代史研究者は史料研究に没頭するようになったと思われます。〝大きな物語〟が終焉したのとほぼ同時期、一九七九年に木簡学会が発足します。この木簡学会発足から、史料研究に没頭しようという古代史研究者の流れを読み取ることができるのではないでしょうか。マルクス主義歴史学の終焉と木簡学会発足とは、意外にも接点があると私は推測します。

もちろん、マルクス主義歴史学の終焉と木簡学会の発足とが同時期であるというのは、偶然の一致にすぎないということもできます。確かに、正確な因果関係を証明することは難しいでしょう。しかしこの後、古代史研究者は木簡に限らず、史料研究に没頭していくようになります。「言語ゲーム」ならぬ、「史料ゲーム」が始まるのです。一九八〇年代末から九〇年代初頭になると、平城京長屋王邸から多量の木簡も発見され、また地方の官衙遺跡などからも木簡が発掘されるようになって木簡研究はさらに進み、木簡を用いた論文が多くなりました。木簡以外にも、それまで難解とされて、やや敬遠されていた史料の研究が進みます。延喜式研究会や正倉院文書研究会など、古代史料に即した研究会が続々と発足します。正倉院文書研究会は一九八九年に発足したものですが、現会長の栄原永遠男によると、一九八三年に東京大学大学院で開講された「皆川ゼミ」が前提となっているようです〔栄原二〇一一〕。さらに九〇年代半ばには、それまで皆無であった史料のみを論ずる著書が発刊されます〔吉岡一九九四〕。またこの時期、あまり研究がさかんとはいえなかった平安時代史研究やより精緻となった日唐律令の比較研究も流行し、新たな歴史学的方法論も確立されるようになります。証明は難しいかもしれませんが、このような研究の隆盛が、かえって〝大きな物語〟への関心をさらになくしてしまう原因になってしまったのだとはいえそうです。

もちろん、史料を丁寧に読み込むことや、これまで関心の薄かった時代を研究することは、歴史学にとって大切で、歓迎されるべきことです。しかしそれ以上に、古代史研究者が〝大きな物語〟に関心を示さなくなっていったのも、大きな問題といえるのではないでしょうか。

新たな史料や難解な史料が研究し尽くされたとき、また、歴史学的方法論が古臭くなってしまったとき、古代史研究者はどうすればよいのでしょうか。木簡などが発掘されるのを待つ、もしくは、新たな方法論を編み出す天才的研究者を待つしかないのでしょうか。出土文字資料の発掘などが続くのであれば、研究は可能です。なるほど、そのような僥倖が続けば、問題がないのかもしれません。

実際、一九九九年に中国寧波・天一閣から、天聖令と呼ばれる宋代の令が幸運にも発見されました〔戴一九九九〕〔大津二〇〇七〕。この天聖令を研究することによって、一部の古代史研究者は命脈を保っているように感じます。しかし、このような偶発的僥倖を待ち続けることは、宝くじに当たることを待ち続けるようなものです(1)。

全ての古代史研究者が〝大きな物語〟を意識しなくてはならない、などと述べたいわけではありません。実際に、一九七〇年代以前にも、マルクス主義的な論文を発表しないものの、すぐれた論文を発表した研究者は多くいました。しかし、〝大きな物語〟を誰も意識することなく研究し続けてしまった結果、史料や方法論という貯金を使い果たしたとき、そして通帳に入金されないとき、どのようなことが起こるのでしょうか。想像するだけでも不安です(2)。

一九八〇年代に終焉してしまった〝大きな物語〟を、今復活させることは不可能かもしれません。しかし、もう一度〝大きな物語〟を復活させる、あるいは考え直すべく努力をすることは、無駄なことではないように思います。まずは、いつの間にか退潮してしまったマルクス主義歴史学を、古代史研究者がどのように〝総括〟するのか。このことについて、当時のマルクス主義歴史学に依存していた研究者に発言して欲しいものです。その〝総括〟を経たあとに、新たな日本古代史研究のあり方を模索していくべきでしょう。

三

さて、ここまでつらつらと駄文を重ねてきましたが、上記のようなことを考えているのは、私だけではないようです。実は一九九六年の時点、すなわち二十年ほど前にすでに、やや異なる視点からではあるものの、相似通った見解が発表されています。坂江渉・鷺森浩幸・吉川真司の三者は、東大古代史担当教授であった笹山晴生の還暦記念論集『日本律令制論集』に接し、東大出身古代史研究者の論考を次のように書評しました〔坂江・鷺森・吉川一九九六〕。第一に、東大出身古代史研究者の多くは、石母田〔石母田一九七一〕―吉田孝〔吉田一九八三〕の律令国家論を所与の前提として学習し、その研究手法は吉田らが行なった日唐律令の比較研究を行なうという、いわば「吉田以降の日々」を送っており、石母田―吉田の問題点と相違点を理解していない、第二に、エンゲルスの考えに近い一国史的な視点で日本と唐との比較を行なっており、「全体としての古代東アジア像の構築」に欠ける、第三に、正倉院文書や木簡、古記録などをふんだんに用いる論文が多く、古代史の史料の広がりを感じさせる、というものでした。既存のパラダイムを超えることがない一方で、さまざまな史料を用いた論文が九〇年代前半に増え始めていることが、この書評から知られます。やはりこの書評が発表された一九九六年の時点で、私のいう〝大きな物語〟が終焉し、史料研究が増加していることを、ここからも確認できるでしょう。

三者は、東大出身の古代史研究者、特にその一部の研究者に対して厳しい批判を行ないましたが、彼ら自身の研究も含めて、是非〝総括〟してほしい問題だったと私は考えます。もちろん彼らは、先述したようなマルクス主義的歴史学研究者ではないようですから責任を押し付けるわけにはいかないかもしれません。しかし彼らも石母田などを継承・批判してきたこともまた、事実です。たとえば三者のひとりである吉川は、先の書評や別稿〔吉川一九九八〕で石母田の国家論を「公共機能論の欠落」などと簡潔に批判しているものの、より具体的な批判あるいは吉川独自の国家論を、今に至るまで提示していません。

四

先述の通り、当時のマルクス主義歴史学に依存していた研究者は〝総括〟をしていないと私は思いますが、二〇一〇年代に入ると、その下の世代の研究者たち―一九六〇年代前半に生まれた研究者たち―が、数人ではありますが、注目すべき研究書を発表しています。

まず田中禎昭『日本古代の年齢集団と地域社会』です〔田中二〇一五〕。この著書は、日本古代地域社会における年齢集団や年齢組織のあり方を分析したものですが、序章や終章では、刮目すべき文章が記されています。すなわち、「冷戦終結から二〇年以上を経て、マルクス主義の影響を強く受けた「戦後歴史学」が行き詰まり、新たな「現在」に対応した「問い」の方法を生み出せないまま、古代史研究のさまざまな模索が続いている」（一―二頁）、「一方で重大な「問い」が置き去りにされているように思われてならない。それは、今日、古代史研究に使用される方法は、どのような「知の枠組み」を前提とし、それは現代に生きる者にとっていかなる意味をもつのか、という「問い」である」（二頁）、「今、古代史学は、実証研究の精緻化とは裏腹に、方法的に「危機の時代」を迎えている」（三頁）。そして田中は実際に、シャンタル・ムフ、エルネスト・ラクラウの「ポスト・マルクス主義理論」を紹介して、新たな「問い」の方法を模索しています。「ポスト・マルクス主義理論」と田中が行なった実証研究がどう関連するのか、私にはわかりませんでしたが、「問い」の方法や「知の枠組み」を新たに提示すべきことに関しては、全面的に賛成です。

また、先に紹介した坂江渉は、最近注目すべき著書を上梓しました〔坂江二〇一六〕。吉田孝による「双系制社会論」や「未開社会論」、あるいは比較国制史研究のあり方を厳しく批判し、『風土記』などを主に用いながら、日本古代の地域社会の実態の解明に努めています。坂江の研究は、石母田の研究（および戸田芳実の研究）に対してそれほど批判的でない点で、やや不満はあるものの、現在も続く「吉田以降の日々」を相対化するという点で、画期的な著作といえるでしょう。(3)

五

話は変わりますが、この駄文を執筆している二〇一六年一〇月、仲間たちと戸田芳実の第一論集『日本領主制成立史の研究』〔戸田一九六七〕の書評会を企画しました。戸田は、一〇世紀前後において奴隷制社会が続いているのか、あるいは、農奴制社会が始まるのかを明らかにしようとして、論文集を編んだようです。現在の古代・中世史研究において、ある時期が古代か中世かで議論することはあっても、奴隷制か農奴制かで議論することは、寡聞にして知りませんし、結論が出た問題でもないように私は感じます。上記の田中や坂江の研究は重要なのですが、まだまだ〝総括〟には足りないようです。やるべきことは、多くあるのです。

もちろん〝総括〟は私もできていません。個人的な述懐で恐縮ですが、私の博士論文の審査の際、末木文美士から「結局、唯物史観を乗り越えていないのではないか?」という指摘を受けました。末木の発言に対する回答は、まだ提示できていません。つまりこの駄文が、私にそのまま跳ね返ってくることを、私は充分に認識しています。

しかし、「なんのために古代史研究をするのか」ということを意識するかしないかでは、まったく異なると思います。

かつて石母田は、早川庄八の卒業論文が活字化されたとき、その「公廨稲制度の成立」〔早川一九六〇〕を評して、早川に「早川君、なんのためにあの論文書いたの」と聞いたそうです〔早川一九八六〕。実は私も、卒業論文を執筆したのち、多くの先生方や先輩方から「なんのためにあの論文書いたの」と聞かれました。もちろん、早川と私とではまったくスケールが違う話なのですが、しかしその後の私は、「なんのために」ということを常に意識して、論文を執筆してきたつもりです。この駄文を読んだ若い日本古代史研究者の中で、「なんのために論文を書くのか」ということを意識してくれる人が一人でもいるのならば、かつてのマルクス主義歴史学者を厳しく批判したこの駄文にも、意味があると思います。

注

（1）木簡に関しても同様です。バブル期に比べて考古学的発掘調査が減り、特に地方木簡の出土も減少して、屋代遺跡出土木簡などのような画期的発見も少なくなっているようです。

（2）大津透も二〇〇一年の段階で、「ある種の古代史学会はスライド上映会が中心で、新たな情報の収集には熱意がある一方で、全体的な議論が乏しいのは気がかりである」と警鐘を鳴らしています〔大津二〇〇一〕。

（3）この他にも、今津勝紀の研究〔今津二〇一二〕が石母田の古代国家論を相対化しようとしているのも、注目されます。

参考文献

石母田正『中世的世界の形成』岩波書店、一九八五年、初出一九四七年

石母田正『日本の古代国家』岩波書店、二〇一七年、初出一九七一年
今津勝紀『日本古代の税制と社会』塙書房、二〇一二年
大津透「編集後記」『東京大学日本史学研究室紀要』五、二〇〇一年
大津透「北宋天聖令の公刊とその意義」『律令制研究入門』名著刊行会、二〇一一年、初出二〇〇七年
大町健『日本古代の国家と在地首長制』校倉書房、一九八六年
栄原永遠男『正倉院文書入門』角川学芸出版、二〇一一年
坂江渉『日本古代国家の農民規範と地域社会』思文閣出版、二〇一六年
坂江渉・鷺森浩幸・吉川真司「書評　笹山晴生先生還暦記念会編『日本律令制論集』（上・下）」『史学雑誌』一〇五―一一、一九九六年
戴建国「寧波天一閣蔵明鈔本《官品令》考」『宋代法制初探』黒竜江人民出版社、二〇〇〇年、初出一九九九年
田中禎昭『日本古代の年齢集団と地域社会』吉川弘文館、二〇一五年
戸田芳実『日本領主制成立史の研究』岩波書店、一九六七年
仲正昌樹『集中講義！日本の現代思想』ＮＨＫ出版、二〇〇六年
早川庄八「公廨稲制度の成立」『日本古代の財政制度』名著刊行会、二〇〇〇年、初出一九六〇年
早川庄八『日本古代官僚制の研究』岩波書店、一九八六年
吉岡眞之『古代文献の基礎的研究』吉川弘文館、一九九四年
吉川真司『律令官僚制の研究』塙書房、一九九八年
吉田孝『律令国家と古代の社会』岩波書店、一九八三年

有富純也『日本古代国家と支配理念』東京大学出版会、二〇〇九年

歴史と文学のあいだ

――頼山陽『日本外史』をめぐって――

揖斐　高

本日は文学部創立五〇周年の催しでお話をする機会をいただき、ありがとうございました。ちなみに私は今年の三月に定年退職いたしましたが、三十六年間文学部に勤めさせていただきましたので、文学部五十年の歩みのおよそ三分の二を経験させていただいたことになります。改めて申し上げるまでもないことですが、その間の大学を取り囲む状況は大きく変化いたしました。とりわけ、大学で学ぶ人文系の学問への風当たりは年年強くなっているようで、最近も文部科学省が国立大学の文系学部を改編して、もっと直接的な経済効果を生み出す学部へ転換するようにという通達を出すというようなことがありました。この講演会には「人文学の沃野」という名前が付けられておりますが、そこには人文系の学問を軽視しがちな近年の風潮への抗議という意味合いが込められているものと思います。、私自身も同感の思いを抱いて今日のお話をさせていただくことにいたします。

さて、日本における最も大きな歴史的な転換点の一つに明治維新がありますが、百五十年ほど前のその明治維新の前後において、もっともよく読まれ、歴史を変えようとする人々に大きな影響を与えた書物の第一として挙げられるのが、頼山陽の書いた『日本外史』です。『日本外史』は平安時代中期以後、武士という階層がどのようにして登場し、どのようにして政権を獲得し、そして武士たちは何を思い、どのような行動をしたのかという、武家政権の歴史と武士の生きざまを描こうとしたものですが、そこに登場する武士たちの姿は実に生き生きと躍動的に描かれており、歴史文学として読者を一喜一憂させる読み物として好評を博しました。そのように『日本外史』が歴史の書物としてだけでなく、勝れた文学作品になりえた大きな理由の一つには、頼山陽の歴史に対する捉え方、すなわちその歴史観・歴史哲学というものが勝れていたということが挙げられると思います。

それでは『日本外史』を著述する上で、山陽が拠り所とした歴史観あるいは歴史哲学とはどのようなものだったでしょうか。本日はお話しできる時間も非常に限られていますので、その歴史観および歴史哲学のエッセンスだけをご紹介したいと思いますが、まずは頼山陽にとって大義名分論という歴史観はどのような意味を持っていたかという点についてお話しさせていただきます。

1 頼山陽における大義名分論

儒学の中でも特に朱子学を学んできた山陽は、歴史は天理に支配されるものだと考えました。

歴史は天理（天の道理）を体現し、道徳的な政治（仁政）を行った為政者は栄え、背徳的な政治（悪政）を行った為政者は滅びるものと考えました。儒学では、不徳の皇帝によって悪政が行われた王朝は滅亡し、新たな皇帝によって仁政を行う王朝が登場するという易姓革命《えきせいかくめい》（天命が革《あらた》まると皇帝の姓が易《かわ》る）は、天理に添うものとして肯定されました。歴史のさまざまな局面において、天理に基づいて善は勝利し悪は敗北するという勧善懲悪が実現し、かりに短期的にはそうと言えないようなことがあっても、長期的に見れば積善の家には余慶があり積悪の家には余殃《よおう》があるとし、勧善懲悪の帳尻は最終的には合うものと考えられました。そして、そのような歴史の具体的な過程の中から道徳のあり方を見出し、それを為政者は行動の規範にすべきだとする、『資治通鑑』や『資治通鑑綱目』などに見られるいわゆる鑑戒主義の歴史観が朱子学の歴史観の基本であり、それが山陽の歴史観の基底にもあったと言ってよいと思います。

そのような歴史上の人物や事件を道徳的に判断する際の基準となったのが、名分論という考え方でした。名分論というのは、名称と守るべき本分との一致を基礎にして国や社会の秩序を確立しようという儒教的な考え方ですが、朱子学などでは特に父子間の名分、君臣間の名分が問題にされ、歴史編纂においては、歴史上の人物や事件の名分を正すということが大きな問題になりました。名分に則った政権は正統、名分に乱れのある政権は閏統《じゅんとう》として、両者の区別を明確にすべきだとする正統論（正閏論《せいじゅんろん》）が、ここから生まれました。しかし、儒教の成立した中国と、それを普遍的な原理として受け入れた日本とでは、実際の歴史の展開過程は同じではありませんでした。中国では古代より幾多の王朝が興亡盛衰を繰り返し、それに伴って国家の最高権力者である皇帝は異姓に交替しました。儒教的な歴史観では名分を乱さないものである限り、最高権力者が異姓に交替することは易姓革命として容認されました。けれども、日本では古代より天皇家が国家の最高権力を、実質的にはそうでなくなっても形式的には保持し続けてきたという、いわゆる皇統の継承（万世一系）ということがありました。このことを日本という国の「国俗」（国の習俗、国風《くにぶり》、国家としてのアイデンティティ）として尊重すべきだとする考え方から、一般的な儒教的概念としての名分論とは異なる、日本的な大義名分論という考え方が生まれたわけです。日本人にとって最も大きな道義というのは、皇統の継続を尊重するという尊皇（尊王）の大義であり、その尊皇の大義に基づいて名分（名称と本分との対応関係）を正してゆくこと、それこそ歴史編纂において中心になるべき主題であるという歴史観が生まれることになったわけです。こうした歴史観は、早くは南北朝時代の南朝方の北畠親房によって書かれた『神皇正統記』に萌していると されますが、江戸時代になって水戸藩の『大日本史』によって整備され、歴史叙述のあり方として『大日本史』の「三大特筆」として具体化されることになりました。

『大日本史』の「三大特筆」とは、①は神功皇后を帝紀に列せず皇妃伝に列しました（仲哀天皇の皇后で、仲哀天皇没後、神功皇后が天皇の政務を執ったことから、『日本書紀』では天皇の扱いをしましたが、神功皇后をそのように扱うことは名分を乱す僭越であるとして否定しました）。②は大友皇子を弘文天皇として帝紀に列しました（天智天皇没後、壬申の乱において大友皇子は叔父大海人皇子（天武天皇）

と争って敗れ自害しましたが、『大日本史』は正統は大友皇子にあり、大海人皇子は権力の簒奪者として否定しました）。③は南北朝の並立について、南朝を正統として肯定的に評価し、北朝を閏統として否定的に扱いました。三大特筆のうち『日本外史』の範囲に関わるものは③の南朝正統論だけですが、山陽は『大日本史』と同様に南朝正統論の立場に立って南北朝期の歴史を叙述し、「楠氏論賛」「新田氏論賛」「足利氏論賛」などを書いています。

政治の実権を誰が握るかというのは天命に因るわけですが、誰が政治の実権を握っても、その上に天皇を戴くという、いわば権力の二重構造が日本の「国俗」（国風《くにぶり》）であり、それもまた天命に因るというのが山陽の歴史観でした。したがって、徳川氏が豊臣氏の後を承けて江戸幕府を開き、政治の実権を握っていても、そのこと自体は尊皇という大義に背くものではなく、現実的に江戸幕府が天皇にどのような態度を取るかによって、江戸幕府の存在意義は変わらざるを得ないとしても、本来的には大義名分のもと天皇家と徳川将軍家とは「家人父子」のように「相親しむ」べき関係であって、尊皇か倒幕かという対立的な問題設定は、山陽自身の歴史観には存在していなかったと考えるべきかと思います。やがて幕末の緊迫した政治状況のなかで尊皇と倒幕が一致して、尊皇倒幕運動になるにしても、山陽が『日本外史』や『日本政記』を著述した文政・天保年間の時点では、尊皇は倒幕に直結するものではなかったわけです。

山陽が尊皇と江戸幕府の関係をどう捉えていたかはともあれ、以上のような朱子学的な鑑戒主義と、『大日本史』によって確立された大義名分論的な歴史観が、山陽の『日本外史』の骨格を形作っていたと言ってよいと思います。しかし、山陽にとってそれは編纂しようとする歴史書の骨格を形作るものに過ぎませんでした。山陽にとって歴史を編纂する（叙述する）ことは、現在と切り離して過去を再構成し、観念的な鑑戒主義や大義名分論を拠り所にして、過去の人物や出来事を客観的な立場から裁断し、それでよしとするような作業ではありませんでした。山陽は鑑戒主義や大義名分論という歴史観だけで、歴史をダイナミックに捉えることは難しいと考えていました。『日本外史』叙述の根底には、鑑戒主義や大義名分論とは別次元の歴史哲学が存在していたように思われます。そして、『日本外史』の歴史書としての面白さは、むしろこの歴史哲学に由来するものだと言えるかもしれません。その山陽の歴史哲学とは、歴史の動因を「勢」と「機」によって捉えようとするものでした。

2　山陽の歴史哲学としての「勢」と「機」

山陽は四十七歳の文政九年（一八二六）の年末に、二十年以上の年月をかけた『日本外史』二十二巻を完成しますが、その後、晩年には編年体の日本通史『日本政記』の著述に取り組みます。その『日本政記』の巻九「崇徳天皇」の条に付される史論に、次のような文章が見られます。

頼襄曰く、士に貴ぶ所は、その時を知るを以てなり。時に勢有り、機有り。勢の推移する所、機の起伏する所は、必ずしも知り難きに非ざるなり。而《しか》るにこれを知ること莫《な》きは、蔽《おお》はるる所有るのみ。

つまり、「時」すなわち歴史を動かす要因には、「勢」と「機」というものがあり、この二つの動因は相互に絡み合って歴史を展開させてゆくのだと言っているのです。

山陽のいうこの「勢」と「機」という概念を、もう少し詳しくご紹介します。『日本外史』の執筆と並行して山陽が取り組み、『日本政記』と同じように『日本外史』の完成後に著述したものに『通議』という三巻からなる書物があります。『通議』は、現実の幕府政治に対する批判的な視点から、あるべき政治のあり方を述べた経世論《けいせいろん》（政治論）として書かれたものですが、次のような全十八論からなっています。

巻一「勢を論ず」「権を論ず」「機を論ず」「利を論ず」

巻二「官制を論ず」「民政を論ず」「内廷を論ず（朝廷や幕府内部のあり方）」「市糴《してき》を論ず（米の買入、すなわち米価調整）」「地力を論ず」「水利を論ず」「銭貨を論ず」

巻三「法律を論ず」「訟獄を論ず」「兵制を論ず」「騎兵を論ず」「辺防を論ず」「火技を論ず」「水戦を論ず」

巻二と巻三に収める文章は、制度や政策についての基本的な考え方を示したもので、それらが『通議』の中心をなしていますが、そのような制度論や政策論を展開する前提として、山陽は総論的な四つの論を巻一に置き、なかでも「勢を論ず」と「機を論ず」という二論は山陽の歴史哲学を展開したものになっています。制度論・政策論を論ずるに当っても、まずはどのような原理で歴史は動いているのかという視点から出発しようとしたところに、山陽らしさを窺うことができると思います。

さて、この『通議』の「勢を論ず」において、歴史の動因としての「勢」というものを山陽は次のように説明しています。

天下の分合《ぶんごう》、治乱《ちらん》、安危《あんき》する所以《ゆえん》の者は勢なり。勢なる者は漸《ぜん》を以て変じ、漸を以て成る。人力の能く為す所に非ず。而るにその将《まさ》に変ぜんとして未だ成らざるに及びて、因りてこれを制為《せいい》するは、則ち人に在り。人は勢に違《たが》うこと能はず。而して勢も亦た或いは人に由《よ》りて成る。苟《いやしく》も諉《ゆだ》ねて是れ勢なりと曰ひて、肯《あ》へてこれが謀《はかりごと》を為さざる、これが謀を為して其の勢に因らざるは、皆な勢を知らざる者なり。故に勢は論ぜざるべからず。

「天下の分合《ぶんごう》、治乱《ちらん》、安危《あんき》」すなわち歴史の変遷ということですが、その変遷の原動力は「勢」にあるとし、この「勢」は人間の力を越えたものとして存在していると山陽はまず言います。そうであるならば、人間は歴史の展開に対して無力なのかというと、決してそうではなく、その「勢」を「制為《せいい》」（コントロール）する役割を人間は担っており、何よりも歴史の「勢」というものは人間によってしか現実化されない。したがって、歴史に働きかけようとする者は「勢」というものを知らなければならない、と述べているわけです。

それでは、歴史の原動力である「勢」を、人間はどのようにしてコントロールできると山陽は言うのでしょうか。そこで山陽が提示する概念が「機」という概念です。「機」という言葉は広い意味を持つ言葉でさまざまな意味合いで使われますが、山陽が歴史の動因を示す概念として用いた「機」という言葉は、われわれが今日使う意味で言えば、「臨機応変」という四文字熟語における「機」の意味に近いものだと言うことができます。山陽は『通議』の中の「機を論ず」において、次のように述べています。

> 機に非ざるは無きなり。機の物に在る、その最も大なる者は天下為《た》り。天下は善く動くの物なり。抑《おさ》ふれば則ち昂《たか》まり、揚《あ》ぐれば則ち伏《ふ》す。揺撼《ようかん》には易く、維制《いせい》には難し。之を百世の久しきに維制し、而して揺撼無からしむるには、必ずその機有り。機の最大にして善く動く者も亦た之を制するに機を以てす。機なる者は一日に万変し、来去して窮まり無き者なり。

「機」というものはあらゆる局面に存在するといっています。例えば個人と個人の関係、あるいは小さな集団や組織の中などにもあるわけですが、「機」の存在する最も大きな局面は「天下」

だと言っています。しかも、その「機」というものは一瞬たりとも停止せず、常に変化しているものだと言うのです。

そもそも「機」という漢字の大本の意味は何かというと、後漢の許慎《きょしん》という学者の著した漢字字書の古典『説文解字《せつもんかいじ》』では、「発《はっ》するを主《つかさど》るこれを機と謂《い》ふ」とあります。「機」とはもともと、三国志の映画などの戦闘場面に出てくるような弩弓《どきゅう》という大型のバネ仕掛けの弓矢の発射装置を意味しているというのです。つまり、「機」とはさまざまな物事や局面において、その物事や局面に次の動きをもたらす装置（仕掛け）のようなものを意味していると捉えることができます。歴史の一瞬一瞬における力学的な構造、しかもそれは刻々のうちに変化する、それを山陽は「機」と呼んだわけです。

つまり、山陽は歴史を動かす原動力の時間的な変化の概念を「勢」と名付け、歴史を動かす原動力の一瞬一瞬の局面における力学的な構造を「機」と名付け、この「勢」と「機」は歴史の動因として相連動していると山陽は捉えました。これが『日本外史』の根底にある山陽の歴史哲学です。

歴史における「勢」と「機」の相関的な関係についての山陽の考えをもう一度整理してみます。歴史の原動力を山陽は人間の力を越えた「勢」というものに求め、「勢」によってもたらされる歴史上の治乱興亡というものを、人間は根本的には、また究極的には変更することはできないとします。しかし、「勢」によってもたらされる歴史上の治乱興亡の具体的なあり方については、歴史における一瞬一瞬の局面の「機」を洞察し、それに働きかけて新たな「機」を作りだすことによって、人間がコントロールすることは可能であると山陽は考えました。つまり人間は歴史において常に変化している局面局面の「機」に働きかけることによって、歴史のあり方に積極的に関与できるし、歴史を具体化することができると山陽は捉えたわけです。別の言い方をすれば、山陽のいう「機」とは、人間が歴史に対して主体的に関わりうる根拠を示す、歴史哲学上の概念だと言えます。こうした歴史における「勢」と「機」という概念設定と、両者の相関的な関係の認識に、山陽の歴史哲学の特徴がありました。

それでは、その歴史哲学は具体的には『日本外史』にどう現れているか、今日は時間がありませんので、その言葉が直接記されている箇所を幾つか紹介するにとどめさせていただきます。例えば、巻十「足利氏後記・後北条氏」において、北条早雲が自分に付き従う配下の武士たちに向かって発する言葉は次のように記されています。

苟《いやし》くも此《ここ》に割拠するを得《え》ば、天下図《はか》る可きなり。吾《われ》、諸君と偕《とも》に東し、機に因り変に乗じて、謀《はか》つて樹立する所有らんと欲す。

つまり、北条早雲は「機」に因って状況の変化につけこみ、覇権を握りたいと言っているのです。

また、巻十一「足利氏後記・武田氏上杉氏」には、宇佐美定行という武将が主君上杉謙信を評する次のような言葉が記されています。

主公、年少なるに、機に臨みて変を制すること此《かく》の如し。豈に我が輩の企て及ぶ所ならんや。

つまり、勝れた武将には不可欠の、「機に臨みて変を制する」という能力が、上杉謙信には天性備わっていると言っているのです。

また、巻十五「徳川氏前記・豊臣氏上」において、織田信長に毛利攻めを命ぜられた時、豊臣秀吉は主君信長に次のように返答したと記されています。

叛《そむ》くを討ち服するを撫《な》で、機に臨み変を制し、以て中国を定めんこと、臣の度内（家臣である私の考えのなか）に在るのみ。

秀吉は主君信長の命令を受けて、自分の胸の内にはそれを具体化する機略（「機」の洞察に基づく計略）があると言っているのです。

つまり、北条早雲や上杉謙信や豊臣秀吉という歴史上の英雄たちは、いずれも「機」への洞察に勝れ、その洞察をもとに己の行動を決定して歴史的状況をコントロールした人物として、山陽は描こうとしたわけです。先ほど山陽の歴史哲学を構成する概念の一つである「機」という言葉の意味は、四文字熟語の「臨機応変」のなかの「機」の意味に近いと申し上げました。しかし、山陽は「臨機応変」ではなく、「因機乗変」あるいは「臨機制変」と言っています。「臨機応変」は機に臨んで変化に対応するという意味で、幾分かは受身的なニュアンスを持つ言葉ですが、「因機乗変」あるいは「臨機制変」は機に臨んで変化を利用する、あるいはコントロールするという意味ですので、人間は歴史の変化に対し、より積極的・主体的に関わりうることを主張して、山陽は「因機乗変」あるいは「機臨制変」という言葉を選んだものと考えられます。

おそらく儒教的な鑑戒主義や大義名分論的な歴史観だけでは、『日本外史』は魅力的な作品にはならなかったでしょう。こうした「勢」と「機」の歴史哲学に基づいてこそ、山陽は『日本外史』において歴史の局面局面における人間の姿を躍動的に描くことに成功しました。歴史に対し積極的に働きかけて、ある者は勝者となり、ある者は敗者となって歴史を展開させていった、『日本外史』に描かれた武将たちの姿が、明治維新という歴史の転換点に直面して歴史に働きかけようとした人々を奮い立たせたのではなかったかと思います。

過去の歴史と人間との関わり方を学び、歴史の中での人間の姿を知るということは、いま現在における自分自身と過去との関係を考え、さらには未来に向けてどう行動すべきかを学ぶことにほかなりません。歴史と文学を学ぶ場としての大学の文学部の役割の大きさということを改めて申し上げて、本日の大雑把なお話を終わらせていただきます。ご静聴ありがとうございました。

新作講談「中村春二伝」の誕生
——「実践する日本文化」授業報告——

平野多恵

はじめに——中村春二と講談

「講談」とは、軍記や政談などの物語を面白く読み聞かせる伝統的な日本の話芸である。明治四十四（一九一一）年、講談の物語を少年向けの読み物とした「立川文庫」が創刊された。このシリーズは子どもたちに爆発的に受け入れられ、猿飛佐助などのヒーローが続々と生まれた。同じ年、講談社は、口演された講釈を文字に起こした速記講談を掲載する雑誌『講談倶楽部』を創刊した。

成蹊学園の創立者・中村春二が私塾成蹊園を礎にして成蹊実務学校を開校したのは、この翌年、明治四十五年のことであった。春二が独自の人間教育に打ち込んだ明治末期から大正時代、講談は人々に役立つ娯楽として大いに受け入れられていたのである。

筆者が文学部で二〇一五年度に新設された自由設計科目「実践する日本文化」を担当すること

になったとき、中村春二の人生を題材にした講談をつくる授業にしたいと思いついた。講談の清々しい世界と春二のまっすぐな生き方は合うにちがいないと直感したからである。しかし、講談を書いたことのない担当者だけで、それは実現するはずもなかった。この授業ができたのは、筆者が前任校からの御縁で十年来その講談を聞き続けており、実力とお人柄をよく存じ上げている日向ひまわり先生の存在あってこそである。

日向ひまわり先生は、一九九四年に二代目神田山陽に入門、二〇〇八年に真打ちとなり、古典講談を得意とする正統派の講談師として活躍されている。二〇一二年には小学校をはじめとする学校で講談を読む活動が評価されてユースリーダー協会「ユースリーダー支援賞」を受賞。近年は、二〇一五年NHK放映の朝の連続ドラマ「あさが来た」のヒロイン広岡浅子の人生を描いた講談「九転十起の女」を創作し、全国で披露されている。

講談「中村春二伝」の創作は、文学部における創造的な学びを広く社会に開きながら、講談という伝統的な話芸の魅力を発信するものである。そこで、そのためのプロジェクト型授業として本授業を企画した。以下、授業の内容を具体的に紹介していきたい。

授業の概要

講談をつくる授業は大人数では難しいため、事前に登録して人数を二十名までに制限できる予備登録科目として設定した。ところが予備登録期間に登録したのは、わずか一名。新設科目のため、履修学年が二年生に限られているとはいえ、あまりに少ない。授業存亡の危機である。そこで、通常の登録期間にも履修できるようにして、教務委員や日本文学科の先生方にも新設科目として各授業等で紹介していただいた。そのおかげで、履修者は三名になった。授業を履修する資格はないが、一年生が一名、自主的に参加してくれるという。こうして履修登録期間が終わり、なんとか四名が集まった。

講談をつくりたいという志のある四名の学生たち。名前は後ほど紹介するが、いずれも文芸部や漫画研究会、ラジオ倶楽部などに所属し、創作に興味のあるメンバー揃い、まさに少数精鋭である。こうして、二〇一五年四月、それまで一度も講談に触れたことのなかった学生四名と日向ひまわり先生と私とで、中村春二新作講談プロジェクトが始動した。もとは二十名程度の学生を想定して授業案を考えていたが、四名となればそれも変わる。急遽、計画を軌道修正した。

授業では、まずは講談の名作を読んだり聞いたり、ひまわり先生の講談を聴かせていただいたりして、講談の基礎を学んだ。次に中村春二の生涯や教育観について『人間 中村春二伝』『成蹊実務学校教育の想い出』『成蹊学園六十年史』などの資料を通して理解を深め、全員で講談のネタ、つまり話の種を集め、それらを持ち寄って共有したうえで厳選し、各自がそれぞれの春二伝を五〇〇〇字目安で書き上げた。そこからさらに講談としてよく書けている部分を一人一場面ずつ選んで再構成し、推敲を繰り返してできたのが「中村春二伝」である。

以下に本授業の参加者（敬称略・カッコ内は芸名）、各回の内容、授業で参照した資料の一覧を掲げる。

履修学生：小笠原一登（日向きりん）現代社会学科二年
　　　　　前田詩織（日向えだまめ）現代社会学科二年
　　　　　鳥谷部正徳（日向百舌《もず》）日本文学科二年
　　　　　新美晴香（日向南吉）日本文学科一年
特別講師：日向ひまわり
担当教員：平野多恵（日向ひらめ）

【授業内容】◇日向先生ご参加　※課題
第一回：ガイダンス（講談とは）
第二回：講談公開ワークショップ1（講談「山内一豊」を聴く・講談の基礎）◇
第三回：中村春二と成蹊学園について学ぶ（参考文献紹介・担当文献割り当て）
　　　　※参考文献を読み、講談ネタ一覧作成
第四回：張り扇づくり　※講談づくりワークシート記入
第五回：講談の基礎1（講談の歴史・特徴・ジャンル）※講談ネタ一覧提出
第六回：講談の基礎2（講談の名作を読む・聴く）

第七回：講談をつくる1（ワークシート意見交換・検討）※ワークシート提出
第八回：講談公開ワークショップ2（講談「徂徠豆腐」を聴く・構想の改訂）◇
※ワークシート改訂
第九回：講談をつくる2（講談の執筆・検討）
第十回：講談をつくる3 ※講談執筆（五〇〇〇字程度）
第一一回：講談をつくる4（自作講談に講評、各自案をふまえ統一案決定）◇
※数日前に自作講談の提出
第一二回：講談をつくる5（統一案で推敲、さらにアイディア交換）
第一三回：講談をよむ1（講談所作指導・リレー講談の担当箇所決定）◇
※担当箇所推敲
第一四回：講談をよむ2（お披露日会練習）※推敲
第一五回：新作講談「中村春二伝」お披露目会◇

【参考資料】

●全員が読了・視聴

・『中村春二先生教育意見さくいん』（成蹊教育振興部、一九七〇）
・みやぞえ郁雄『大正自由教育の旗手　中村春二』（小学館、二〇〇六）

・『成蹊一〇〇年の歩み』（成蹊学園、二〇一二）
・DVD『大正自由教育の旗手　中村春二』紀伊國屋書店
・DVD『たしかなあしぶみ　なかむらはるじ』（紀伊國屋書店、二〇一二公開）

●分担して読み、講談のネタ候補を抽出して全員で共有
・小澤一郎編『中村春二撰集』（中村秋一発行、一九二六）
・中村浩『人間 中村春二伝』（岩崎美術社、一九六九）
・『成蹊学園六十年史』（成蹊学園、一九七三）
・川瀬一馬編『成蹊実務学校教育の想い出』（桃蔭会、一九八一）

●一部参照
・中村春二編『夏の学校』（成蹊学園出版部、一九一八）
・中村春二『椎の一もと』（中村春二遺稿刊行会、一九二八）
・渋谷光長編『恩師之面影』（成蹊学園、一九三六）
・中村浩『成蹊教育―その源流と展開』（岩崎美術社、一九七一）
・上田祥士・田畑文明『大正自由教育の旗手―実践の中村春二・思想の三浦修吾』（小学館スクエア、二〇〇三）
・成蹊学園創立一〇〇周年記念行事推進室監修『中村春二語録』（成蹊学園、二〇一二）

第二回・第八回におこなった「講談公開ワークショップ」では、ひまわり先生に古典講談の名作を読んでいただき、実際の講談に触れる機会とした。いずれも広く公開し、授業履修者以外の学生や教職員、学外の方々の参加もあった。ひまわり先生には全授業の三分の一にあたる五回分の授業で時間を大幅に延長してご指導いただいた。

それ以外も、毎回三時間前後、二コマ相当の授業を行った。今にして思えば、「中村春二伝」を完成させるには、半期一コマはあまりにも少なすぎた。相当ハードな授業だったと思うが、学生はよくついてきてくれた。授業時間以外に、成蹊学園史料館の展示を各自で見学し、六月一四日には新宿にある寄席「末廣亭」で、ひまわり先生の講談を聴いた。

それぞれの原稿の最もよい部分を厳選して再構成し、さらに自らが講談師として実際に読んで披露する。当初の授業計画では学生自身が講談を読むという予定はなかった。しかし、それぞれの個性があらわれた文章を読み、何度も議論を重ねて推敲を繰り返すうちに、ぜひ学生自身に読んでもらいたいと思うようになった。当初予定していた二十名程度の授業なら、そのなかで一番よく書けている学生の講談を最後にひまわり先生に読んでいただいて終えていただろう。四人だったからこそ、まさに全員の共同作業の成果として講談「中村春二伝」が誕生したのである。

第一三回目には各自の担当箇所を決め、ひまわり先生から講談の所作と読み方の指導を受けた。そこからの学生の成長には目を見張らされた。まずは一回読んでアドバイスを受ける。改めて読むと、よくなっている。また指導を受けて読む。読むたびに上手くなっていく。学生がみるみる成長していく過程を、まさに目の前で見届けられたのは教員冥利につきる経験であった。このときには、全員がひまわり先生に入門し、それぞれの特徴や希望にあわせて、きりん、えだまめ、百舌、南吉、ひらめの名もいただいた。

第一四回目には五時間以上かけて練習を行い、あとはお披露目会の当日まで各自の練習に任せた。いよいよ最後の第一五回目、お披露目会である。

お披露目会

二〇一五年七月一七日、本授業の総仕上げとして新作講談「中村春二伝」お披露目会を開催した。会場とした成蹊大学六号館五〇二教室はアクティブラーニング用の教室で、机や椅子を自由にレイアウトすることが可能で、音響もよく、広さもお披露目会に最適である。お披露目会は、1　担当教員の平野による授業報告、2　学生四名によるリレー講談「中村春二伝」、3　ひまわり先生の「中村春二伝」、4　学生・ひまわり先生のコメント、5　質疑応答というプログラムでおこなった。

一般にも公開し、学内外から三十名の参加があった。アンケートの内容と結果は次の通りである。各番号や項目につけた（　）内の数字は各回答数を示す。

新作講談「中村春二伝」お披露目会アンケート

①本日のお披露目会をどのようにしてお知りになりましたか。該当するものにすべて○をお付けください。

1：教員・受講生からの案内（22）　2：知人・友人からの案内（4）
3：成蹊大学ホームページ（0）　4：告知チラシ（3）　5：その他（0）

②これまでに講談をお聞きになったことがありますか。該当するほうに○をお付けください。

はい（13）・いいえ（15）
（「はい」の場合、どのような場で：寄席（4）、イベント会場（1）、本授業のワークショップ（4）、その他授業（1））

③本日のお披露目会について、どのように思われましたか。当てはまるものに一つ○をお付けください。

1：とても良かった（26）　2：良かった（2）
3：ふつう（0）　4：やや物足りない（0）　5：物足りない（0）

④お披露目会のプログラムのうち印象に残ったものは何でしたか。該当するものにすべて○をお付けください。

1：授業報告（8）　2：学生によるリレー講談（26）　3：日向ひまわり先生の講談（27）
4：学生・ひまわり先生のコメント（26）　5：質疑応答（8）　6：その他（0）

⑤新作講談として聴いてみたい題材がありましたらお聞かせください。

⑥本日のご感想、今後へ向けてのご意見・ご要望などをお聞かせいただけたら幸いです。

年代：10代以下（4）、20代（4）、30代（2）、40代（4）、50代（4）、60代（3）、70代（1）、80代以上（0）、不明（6）

性別：男（10）、女（15）、不明（3）

お名前：（任意記入）

アンケート（回答数28）の回答内容から、お披露目会の様子がうかがえるので、以下、⑥に記載のコメントを引用しながら、その結果を紹介したい。

まず、①のお披露目会を知った経緯は、教員や受講生からの案内が22名と圧倒的であった。
②講談を聞いたことがあるかどうかは、「はい」が13名、「いいえ」が15名と、ほぼ同数であった。「はい」回答者のうち、本授業第四回目・第八回目の講談ワークショップ参加者が4名含まれており、ワークショップが関心を持つきっかけとなったことがうかがえる。「いいえ」を選んだ人のコメントとして、「その時代にぐっと引き込まれるのが新鮮」、「ドラマや映画を見ているよう」、「講談にとても興味を持った」とあったのは、はじめての人に講談の魅力が伝わったことを示すものであろう。
③の評価は、「とても良かった」が26名、「良かった」が2名と、総じて高評価であった。「とても良かった」がきわめて多い結果をありがたく受け止めたい。「創造性」への評価や、「小学生・中高生にも聞かせたい」、「本などで読むだけでは伝わりきらない春二先生の魅力が講談としてきくと、よりつよく伝わってくる」という声があった。
④のプログラムで印象に残ったものは、28名中、27名が日向ひまわり先生の講談を、26名が学生によるリレー講談と学生・日向先生のコメントを選んでいた。「学生さんとひまわり先生と二種類の講談を聴き、違いがおもしろかった」という意見があったように、「いきいきと各々の個性を発揮した学生たち」とひまわり先生による講談のどちらも同じくらい印象深かったようであ

る。学生よるリレー講談は「想像を遙かに上回るハイレベルな講談」という声が多かった。学生からは「自分と同年代の人たちがこんなに語れることに感動」するし、「同じくらいの人がやっているとと親近感も湧く」という意見があった。ひまわり先生の講談は「評定や声色で会場の雰囲気ががらっとかわってしまう」、「その場、空間が浮かび上がる」プロの芸であった。

8人が選んだ授業報告と質疑応答については、「講談の実作の過程が興味深」く、質疑応答時の学生のコメントには「講談授業で培った自信と風格」があり、講談をつくる苦労を述べた学生のコメントそのものが「物語的」であったという声が寄せられた。「一から取り組む経験をした学生諸君の将来が楽しみ」という声もあった。講談をつくる過程はもちろん、お披露目会自体が学生たちにとって格好の成長の場になったのである。

⑤新作講談の題材は、今回の続きを聞きたいという回答（4名）の他、「作家や歌人などの人生を題材にした作品」「武蔵野の歴史（御門訴事件など）」「成蹊大学をより好きになれるもの」といった意見が寄せられた。

⑥は28名のうち26名から具体的なコメントが寄せられた。そのうちのいくつかはすでに紹介したが、自由記述欄の充実は、お披露目会への反響の大きさといってよいだろう。その他、要望として「日本文化を学問領域に関係なく紹介して」ほしい、「若い人に日本の文化を伝える機会を多く作って」ほしい、「成蹊のOB・OGの人がたくさんいらっしゃるところで、たとえば桜祭の時」などにお披露目する機会があればよいという声があった。

学生の声

お披露目会に参加した学生2人が、アンケートの他に具体的な感想を寄せてくれた。当日の様子や講談の魅力が非常によく伝わってくるので、その一部を紹介したい。

○学生Oさん

日向えだまめさんの講談がはじまってすぐに、これはすごいぞと感じた。所詮、学生の授業発表と甘く見ていたが、わずか数秒でその考えを改めることとなった。驚くほどよく通る聞き取りやすい声で、しかもただはきはきとしゃべるだけではない。抑揚をつけながら笑顔で語られる中村春二の人生に、ぐいぐいと引き込まれていった。カツラの小ネタには自然と笑い声がこぼれた。きりんさんの語りからはシーンにあった臨場感と迫力を感じた。台詞の演じ分けも上手く、とても聞き応えがある。保険会社のおどおどした演技がいい。南吉さんは特に個性的で、くだけた語り口に魅力を感じた。客席に話を振る工夫なども入れられた、一年生とは思えない堂々とした講談に、ぐっと心をつかまれた。百舌さんも台詞の演技がとても上手く、魅力的な声で語られた春二の台詞が心にしみるようだった。日向ひまわり先生の講談は、耳に心地よいリズムと抑揚があり、演劇を見ているような台詞の迫力に圧倒された。学生の発表で同じ内容を聞いたばかりだというのに、みじんも退屈さを感じなかった。聞こうと意識しなくても、耳に、頭に入ってくる声はさすがとしか言えない。すべて聞き終えた頃には、これまでになかった中村春二への尊敬や親しみが心に湧いており、講談の力を感じた。

○学生Kさん

一人で表情・声色を変えてナレーション、春二、妻、生徒達などを演じ分ける講釈の形は、ビデオでナレーションに従って史実を紹介されるのとも、映画のようにそれぞれの役をそれぞれの役者が演じるのとも違って、他の媒体に比べて受け手側が自己の想像力を投影しやすく、物語性、普遍性が増すように思う。講釈においては、演者の口ぶりや姿を透かして語られる出来事が聴衆の想像力によって補われて展開されるわけで、場の共同作業という側面があるように感じた。そのぶん発信者と受信者の親密性が増すのではないだろうか。そういうところが講談の魅力だと思う。

その後の「中村春二伝」

お披露目会の様子はアンケートや学生の感想から想像できたと思うが、視覚的にご覧いただける手段として、見城武秀先生（成蹊大学文学部現代社会学科教授）の撮影・編集によるお披露目会のダイジェスト版動画（6分44秒）がある。学生四名とひまわり先生の講談の魅力が凝縮されたもので、YouTubeで公開しているので、ぜひご覧いただきたい。

新作講談「中村春二伝」お披露目会―成蹊大学文学部授業「実践する日本文化」
https://www.youtube.com/watch?v=r1CvIn84ask

OB・OGが集まる場でもお披露目をというアンケートの意見は、その後、二度にわたって実現した。一度目は同年一一月に行われた成蹊大学文学部五〇周年記念の会において、二度目は翌年の四月に行われた成蹊学園のホームカミングイベント「成蹊桜祭」の場においてである。

ひまわり先生の「中村春二伝」は回を重ねるたびに少しずつ成長している。読み上げるテキストはほとんど変わらなくても、中村春二をはじめとする登場人物の世界が講談の舞台で深まっているのがわかる。これこそ生きた芸能のおもしろさであり、同じ話を何度聞いても飽きない理由でもある。アンケートに「小学生・中高生にも聞かせたい」という意見があったように、「中村春二伝」を通して講談の魅力を子どもたちにもぜひ知ってもらいたい。

おわりに――「中村春二伝」を読む前に

中村春二の人生を講談とするにあたり、講談に取り込んだエピソードのほとんどは事実に基づいている。しかしながら、彼の想いや人柄を際立たせるために、登場人物や設定などを講談らしく改変した部分があることをお断りしておきたい。いずれも中村春二という教育者のエッセンスを伝えるための脚色である。事実を超えたところにある「真実」を伝えるためには「虚構」が必要であった。今回の授業を通して、創作とは何か、なぜ「物語」が必要なのかを改めて考えさせられた。日本の古典文化を実践しつつ学びながら、文学研究のための貴重な視座を得ることもできた。

続いてお読みいただく講談「中村春二伝」は、本授業で学生たちが書きあげたものである。前述のように文学部五〇周年記念の会や成蹊桜祭にあたり、学生の書いた原稿を日向ひまわり先生に整えていただき、少しずつブラッシュアップされているが、そのほとんどは学生たちが書いたオリジナルである。お披露目会では、えだまめ・きりん・南吉・百舌の順で担当した。四場面の区切れには「＊」をつけて示した。

講談の中に、春二が池袋に成蹊実務学校を創立したときに詠んだ短歌が出てくる。

道のべの 椎の一本《ひともと》葉蔭なほ まばらなれども 椎の一本《ひともと》

道の辺に生えた一本の椎の若木、まだまばらにしか葉をつけていないが、椎の木であることにかわりないと詠んだ歌である。いずれ立派になる椎の若木に、成蹊実務学校の成長が重ね合わせられる。当時の春二が描いたスケッチに、その短歌が書き込まれているので、あわせてご覧いただきたい。

この講談を通して、成蹊学園創立者の人となりと教育にかけた想いを感じていただけたら幸いである。授業の成果として誕生した「中村春二伝」が、今回の活字化を機に長く読み継がれてい

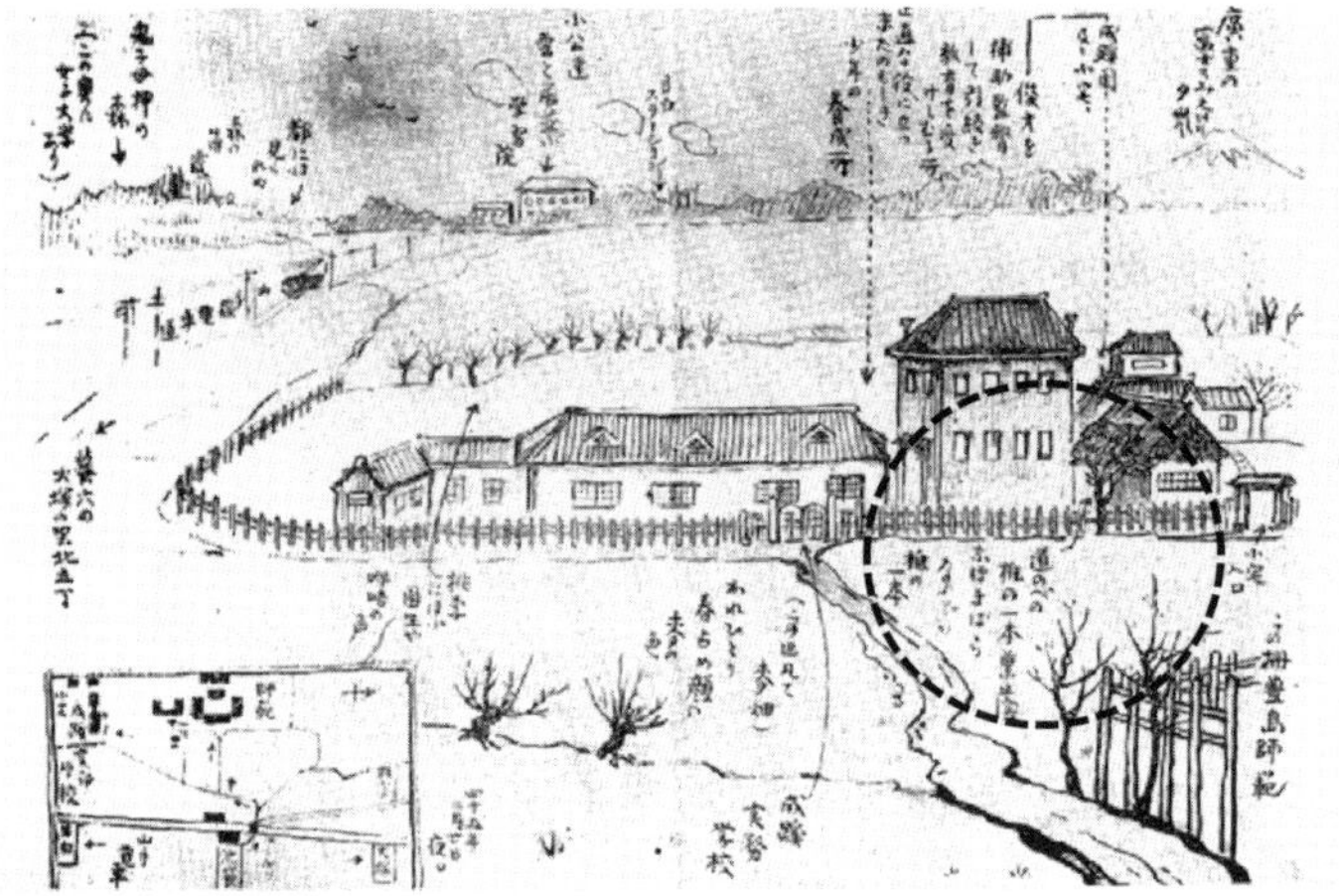

中村春二の描いた成蹊実務学校スケッチ（1912年）、椎の若木と短歌が書き込まれている（点線内）。

くことを願ってやまない。

付記：この授業は、心を尽くしてご指導くださった日向ひまわり先生と、授業を履修してくれた四名の学生がいなければ成立しませんでした。改めまして心からの感謝を申し上げます。また、プロジェクト型授業を行うにあたってお世話になった落語芸術協会ご関係者の皆様、お披露目会にお越しくださった皆様、授業や文学部五〇周年記念の会・成蹊桜祭でお世話になった成蹊学園の教職員の皆様にも深く御礼申し上げます。

中村春二伝

明治四十四年、一九一一年。東京は池袋に住まいをなします教育者・中村春二。東京帝国大学を卒業後、私塾・成蹊園を開き、成績優秀でありながら家が貧しく進学できない若者を集め、生活をともにしながら学校へ通わせておりました。

そんなある一日。

郵便配達人「御免くださぁい。郵便で～す」
小波「あら、郵便やさん。いつもご苦労様」
手紙を受け取りましたのは妻の小波。東京赤坂に生まれ育ち、赤坂小町と呼ばれるほどの美人でございます。差出人の名前を見て、
小波「まぁ、あなた！　大変です」
春二「どうした」
小波「あ、あなた、カ、カ、カツラ…、カツラ……」
春二「カツラ？　私は地毛だ。」
小波「いいえ、そうではございません。内閣総理大臣の桂太郎さまからお手紙が！」
春二「桂さまから？　一体何のご用だろう。なに、是非面談しお願い申し上げたき儀あり。……

詳しくは書かれていないなぁ」
小波「もしや成蹊園の方針がお気に障られたのでは……」
春二「まさか、こんな小さな塾に総理自ら意見を言うなんてことはないと思うが……、とにかく行ってこよう」
小波「どうぞ、お気をつけて」

やって参りました三田にございます桂太郎の屋敷。
桂「中村先生、よく来てくれた。さぁ、ここへ掛けてくれたまえ」
春二「失礼いたします」
桂「君に来てもらったのは他でもない。実は、成蹊園のことでな……」
春二「何か、お気に触るようなことがございましたでしょうか？」
桂「いや、実に素晴らしい教育をしているそうじゃないか」
春二「ありがとうございます」
桂「そこで、一つ頼みがある。私の孫を成蹊園で預かってもらえないだろうか」
春二「総理のお孫さんを、ですか？」
桂「そうだ。私の娘に三人子供がいるんだが、先の日露戦争で父親を失ってしまってな。三人ともまだ小学生だ、母親だけでは教育に不安がある。そこで是非、君に任せたいと思うんだが」

春二「総理、申し訳ございません。成蹊園は中学からの塾なのです」
桂「そうだったか……、それは残念だ」
春二「あの、少し考えさせていただけますか？」
桂「うむ、いい返事を期待しているぞ」
家へ戻って参りました春二。その浮かぬ顔を見た小波が、
小波「あなた、やはり塾のことでお咎めを？」
春二「いや、そうじゃないんだ。ただ、少し困った事があってな。実は……」
小波「えぇ……、はい…、はい…、え、総理のお孫さんをうちで、ですか？」
春二「あぁ。しかし、まだ小学生なんだ。どうしたものかと思ってね」
小波「……あなた、私も戦争で父を亡くしています。ですから親を亡くした子供がどれほど不安な気持ちでいるか、痛いほどわかります。私が責任を持って面倒を見ますから、どうかその子たちを入塾させてあげてください」
春二「……よし、引き受けよう」
総理の孫が成蹊園に入ったという噂はたちまち広がり、評判はますます高まります。
順風満帆に見えた成蹊園でしたが、春二には不満がありました。
春二「成蹊園はいわば寄宿舎、教育の大部分は塾生が通っている学校に任せている。しかし、今

の日本の教育は多くの生徒を教室に集め、教師の言うことをただ詰め込んでいるだけだ。これでは人は育たない。少人数制で、一人ひとりの生徒としっかり向き合う、そんな教育を子供たちに与えたい。できることなら二十四時間、子どもたちの教育がしたい」、そう強く思うようになります。

そこで春二は、自分の学校を作ることを決意。中学からの親友で、よき理解者である三菱財閥四代目、岩崎小弥太と、今村銀行の頭取である今村繁三。この二人に資金援助を頼み、さらに国文学者であった父、中村秋香の遺産をつぎ込みますと、池袋に広がる一万坪の敷地を購入。春二が理想とする学校、「成蹊実務学校」を作ることにしたのです。

家が貧しいことを理由に進学できない若者を対象としたこの学校。学費無し・教科書は与える。入学を希望するものは百七十人に上り、その中から二学年合わせて四十三名の精鋭が選ばれます。

立派な校舎も完成し、住まいも実務学校の側へ構えます。開校式を十日後に控えた明治四十五年三月二十三日の夜のこと。何度も寝返りを打つ春二の落ち着かない様子に、

小波「あなた、眠れないいんですか？　お悩みがあるのでしたら、おっしゃってくださいましな」

春二「いや、悩み事ではないんだ。もうじき私の夢の学校が始まると思うと楽しみで寝付けなくてね」

小波「まぁ」

春二「私は幸運にも裕福な家庭に生まれ育った。だが世の中には学びたいと願っても進学できない若者がたくさんいる。そんな若者たちの可能性を伸ばしたい、そう思い成蹊園を始めた。小波さんが塾生たちを我が子同様に面倒を見てくれるおかげで、皆、温かい環境の中のびのびと勉学に励むことができた。君は私にとって良き妻であり、また同じ思いを胸に共に歩んでくれる親友のような人だ。本当にありがとう」

小波「あなたの夢は私の夢でもあるんです。これからもずっとお側でつとめてまいります」

春二「ありがとう。あぁ、ついに私の理想とする夢の学校が開校するんだなぁ！（ふと我に返り）だが、もしこれが起きたら本当に夢だった、なんてことに……」

小波「あんなに立派な校舎ですもの、一晩寝ても無くなりはしませんよ」

春二「確かにそうだね……。小波さん、私は、今の日本の教育に一番足りないのは〈人物教育〉だと思うんだ。知識ばかりを詰め込んでも意味がない。子供たちにこれから先の生き方を教えなければ。『生きるとはどういうことなのか』を学んでほしい。これが教育の、いや、人としての核になるものだと思う……。門のところに椎の木を植えたのを覚えているかい？」

小波「えぇ、まだ若木でしたね」

春二「あの木もいずれ大きな葉陰を作る立派な木となる。まだ幹は細く、葉の数もわずかしかないが、やがて大木になる。私も大木を目指そうじゃないか。もちろん、子供たちにもそんな風に育ってほしいものだ」

小波「春には新緑が眩しいことでしょう。これからの成長が楽しみですわ」
笑顔を交わす二人の枕元には、春二手書きの学校地図があり、そこには春二が読んだ歌が書かれておりました。

道のべの 椎の一本《ひともと》葉蔭なほ まばらなれども 椎の一本《ひともと》

＊

二人が寝入った真夜中、

「火事だーーーーーッ！」

この声に飛び起きました春二、窓を開けると、辺り一面真っ赤に燃え盛る炎。

春二「大変だ！」

慌てて表に飛び出し、学校へ駆けつけますと、麦畑を焼き尽くしながら走って参りました火の手は瞬く間に新校舎へ。

人々「校舎に火がついたぞー！」

人々「二階に燃え移ったぞ！」

人々「教室の荷物を運び出せー！」

ゴウゴウとうねりを上げて燃え広がる炎は、たちまちのうちに校舎を包み込んでしまった。肌が焼けるような熱風が吹きつけ、とても近寄ることができません。
　春二は火を消そうと校舎へ飛び込もうとする。
消防夫「先生、危ないですよ。ここは消防夫のあっしらに任せてください」
春二「しかし、私の学校が燃えているんだ。黙ってみていられるか！」
消防夫「先生が死んじまったらどうするんですか！」
春二「だが、私の夢が……」
消防夫「おい、誰か、先生を安全なところへ連れてってくれ！」
春二「離せ、離してくれ～！」
　隣の豊島師範学校の落第生が腹いせに放った火は成蹊実務学校に飛び火、一夜うちにすべてを燃やし尽くしてしまいました。
　白々と夜が明けると、校舎は見る影もなく、黒く焼け焦げた木材が無造作に倒れ、風に煽られた灰が雪のように舞っております。
　焼け跡の前にぼんやりと立ち尽くした春二、
春二「――私の夢がすべて無くなってしまった……。小波さん、これから一体どうすればいいのか、皆目見当もつかんよ」
今村・岩崎「おい、中村」
「今村、岩崎……、すまない。君たちに多大な援助してもらい建てた校舎が……、私の夢がすべて灰になってしまった」
　ガクッと膝をつき、地面に両の手をついてうなだれてしまう。と、焼け焦げた土の下からわずかに青草が顔を出しているのに気が付きます。
春二「──あの火事の中、残った草があったか……。そうだ、焼かれた草原も春になればまた芽吹く。それに比べて私はどうだ。一度焼かれた程度でへこたれ、何たる不甲斐ない様だ。校舎は焼けてしまった。しかし、私の志は決して灰にはならん！　校舎がなくとも教育はできる。生徒と心が通じていれば、どんな環境であろうとも教育はできるんだ。今村、岩崎、私はあきらめんぞ。必ず自分の理想とする学校を開いてみせる！　小波さん、まずは子どもたちが寝泊まりできる場所を探そう」
　決意を新たにし、立ちあがった春二を見て、
岩崎「おい今村、見てみろ、中村の顔。急に精悍な顔つきになったぞ」
今村「あぁ、あいつは文学青年で理想家肌だったが、急に目つきが鋭くなって、まるでたくましい鉄人のようだ」
　と、そこへスーツ姿の男がやって参りまして、
保険会社社員「あのー、中村先生はいらっしゃいますか？」
春二「中村は私だが、何だね？」
保険会社社員「私、保険会社のものです。一ヶ月前、火災保険に加入していらっしゃいまして」

春二「保険？――おおっ、そうだった！」
不幸中の幸いとはまさにこのこと、春二は当時まだ一般的ではなかった「火災保険」に入っていたのです。
岩崎「中村、お前にしては準備がいいじゃないか」
今村「全くだ。教育のことばかりで他のことは気にも留めないやつだと思っていたが、保険に加入していたとは驚きだ。これで校舎を立て直すことができるぞ！」
すぐさま大工の棟梁、梅太郎のところへ。
春二「棟梁、棟梁！」
梅太郎「こりゃ、先生、こんたびはとんでもないことに……」
春二「棟梁、四月三日の開校式までに校舎を建てなおしてくれ」
梅太郎「へ？　四月の三日までですかい？」
春二「仮の校舎で構わん」
梅太郎「でも先生。仮の校舎ったって開校式まで十日もないんすよ」
春二「無理を言ってるのは承知の上だ。頼む、この通りだ！」
梅太郎「あぁ、もう、先生に頭下げられたんじゃあしょうがねえ。へい、やりましょう！」
この梅太郎の働きはもちろんのこと、春二と塾生も手伝いまして、何と仮校舎は一週間で完成。開校式は予定通り行われたのであります。

＊

月日が経つのはやいもので、あっという間に開校から三年。

成蹊実務学校では春二の考えの元、型破りな発想の教育が数多く実施されておりました。まず、この学校には休みがございません。平日はもちろん、土曜も日曜も授業や行事があり、夏休みもなければ春休みも無い。年末年始だけは一週間ほど休みがあったそうですが、休みなく学校がありますので、通う年数は五年間でも授業数は九年分。

これでは勉強を詰め込み過ぎているように思いますが、日曜日はみんなで遠足、夏は水泳、冬は雪合戦と遊びの中で学ぶという時間もありました。授業ではその分野の最高峰と言われる先生がやってきて指導してくれる。何と、講談を聞く時間もあったそうです。素晴らしい！　ですから、生徒にとって学校は毎日笑い声の絶えない楽しい場所でありました。

中でも特に変わっていたのが、〝凝念〟。凝念とは、座禅の瞑想を取り入れた春二独自の精神集中法です。そのやり方はいたってシンプル。まず手を組み、目を閉じ、呼吸を整え、腹部に力を入れて精神を統一するというもの。春二はこの凝念が生徒の精神面での成長に必要不可欠であると考えており、色々なことを試みます。夏に綿入れを着る、精神を集中すれば暑くない。冬は池で寒中水泳、寒くない。断食をする、お腹が減っても大丈夫。

さらに凝念を会得すると痛みは感じないそうで、春二は生徒の前で腕に千枚通しを突き立てます。すると、痛みどころか血も出なかったとか。心頭を滅却すれば火もまた涼し、ですが今やったらPTAや教育委員会が大騒ぎでしょうね。

＊

この凝念の指導を行う為、春二は生徒と共に比叡山へ合宿に参りました。その五日目、比叡山の僧「先生、ご存知ですか。山に天狗が出るという話」
春二「天狗？　猿か何かの見間違いではないのかね」
僧「その姿を見たものはいないんですが、夜中に人とも猿とも思えないものすごい声が聞こえるんです。私も確かに聞きました。あれは天狗の声ですよ」
春二「声ねぇ、私は聞いたことがないなぁ」
僧「それは、先生がガーガーいびきを掻いて寝ているから」
春二「ん？　何か言ったかね？」
僧「いえ、こちらのことで」
春二「しかし、なぜ天狗が出たんだろうなぁ」
僧「最近、登山者の中に肉を食べて登るものがいるんですよ。神聖なる山を汚され、天狗が怒っているんじゃないかともっぱらの噂です」
春二「もしそれが本当であれば、私の生徒が天狗にさらわれるかもしれん。これは一大事だ」
その晩、春二は一人、天狗の声がするという場所へやって参ります。

「イヤーッ！」
「キエーッ！」
　近づくにつれ、何やら怪しげな叫び声が聞こえてくる。春二は茂みからそっと目を凝らします
と、そこには生徒たちの姿が。
春二「いかん！　生徒が危ない！」
　バッと飛び出しました春二、
春二「天狗め、私の生徒を返せ！」
生徒「せ、せんせい⁉」
春二「もう大丈夫だ、安心しなさい。さぁ、天狗よ、私が相手だ。かかってこい！」
生徒「天狗？　一体何のことです？」
春二「君たちは天狗に連れていかれるところだったんじゃなかったのかね？」
生徒「天狗なんていませんよ。それに、もし天狗がきても先生から教えてもらった気合の掛け声
を聞けば退散しますよ」
春二「気合の掛け声？」
生徒「はい。……イヤーッ！」
生徒「キエーッ！」
春二「あぁ、そうだった！」

三日前、凝念の指導で春二が教えた気合の入れ方。それを生徒たちが夜中に自主練習。叫び声をあげていたのです。

春二「この子たちが天狗。ということは私が天狗の師匠か……」

恥ずかしさで赤くなってしまった坊主頭の春二の顔はまるでゆでだこのようでした。

＊

こうした春二の斬新な教育法を生徒たちは素直に受け入れておりましたが、中にはどうしても授業になじめない生徒もいたのです。

一年生の田中清。貧しい農家に生まれた清は勉強が好きで成績もよく、もっと学びたいと成蹊実務学校へ入学。しかし、学問とは思えない授業の数々に、

清「気合を入れる為に大声を出して、それがどう勉強に役立つんだろう。今日はサツマイモを植えると言ってたけど、そんなことやって何の意味があるんだ。畑仕事なら家でさんざんやらされたよ」

農家の生まれである清は土や肥料の糞で身体が汚れる農作業が一番嫌いでした。

清「僕はもっと勉強したいんだ！」

こっそり抜け出しますと木の陰で本を読み始めました。しばらくいたしますと、

児玉「清、ここにいたのか」

清「あ、児玉先生」

児玉「君は最近、授業に身が入っていないようだな。凝念をまじめにやっていないだろう。どういうつもりなんだ」
清「先生、僕は勉強がしたいんです。サツマイモを植える為に学校に入ったんじゃありません」
ちょうどそこへ通りかかりました春二、
春二「児玉先生、どうしたんですか?」
児玉「中村先生、清が畑仕事をさぼったんです」
春二「……清くん、どうしてやらないんだね?」
清「それは……」
春二「正直に言ってごらん」
清「だって、土で汚れるし、肥料の糞は臭いし」
春二「ハハハ、確かに土で汚れる。それに肥料は臭い。でもね、だからこそやる意味があるんだ」
清「え?」
春二「私はね、『生きるとはどういうことなのか』を学んでもらいんだ」
清「生きるとはどういうことなのか?」
春二「あぁ。だから命を育てる畑での作業はとても大切なことなんだよ。……この草を見てごらん。いくら踏みつけられても、負けずに根を生やし、葉を広げているね。この力強さも学んでほしい。机の上では決して得られないことが、世の中にはたくさんあるんだよ」
清「でも、凝念は好きじゃありません」
春二「そうか……、清くん、私が凝念を大切にするのは君たちの精神の成長に重要であると考えているからなんだ。たとえ、勉強ができても心の成長が伴っていなければ立派な大人とは言えない。成長し、世に出た時、どんなことにも動じない強い心と己の信念を突き通すという覚悟を持った人間になるためにも、精神を集中させる凝念はとても大事だと思うんだが、どうだろう？
……それから、児玉先生。先生ならおわかりだろうが、生徒というのはひとりひとりが異なる形をした器なんです」
児玉「器…ですか」
春二「そうです。口の大きな湯呑なら水を注ぎ込むのは簡単です。では、口の小さな花瓶はどうでしょうか？」
児玉「それは…注ぎ込むには時間が必要です。慎重さも……」
春二「(頷いて)だが、時間をかけて丁寧に注ぎ込んだ花瓶の水は簡単にはこぼれない。生徒はまさに、それぞれ形の違う器なんです。その器にどう水を注ぎこむか、それは我々教師が考えなくてはいけない。清くんを責めるのではなく、私達は自分の教育の至らなさを知るべきではないでしょうか」
このやり取りを聞いておりました清、

清「悪いのは授業をさぼった僕なのに……、僕は一体どんな形の器なんだろう？　その器にどれだけの水を注ぐことができるだろうか」

清の心の器に一滴の水がスーッと落ちていきます。

生徒の人間性を重視する春二の考え方は次第に評価を高めてまいります。その意志を受け継いだ成蹊学園は、成蹊実務学校の後、成蹊中学校、小学校、女学校、実業専門学校、さらにイギリスのパブリックスクールを手本とした七年制高等学校、成蹊大学、そして一九六五年には大学に文学部が開設され、今日《こんにち》に至るのでございます。

道のべの　椎の一本《ひともと》　葉蔭なほ　まばらなれども　椎の一本《ひともと》

成蹊学園創立者、中村春二の一席、これをもって読み終わりといたします。

（完）

Ⅳ

時代のこころと心理学

牟田悦子

「私とは何だろう」「人間関係はどうすればうまくいくか」「子どもはどう育てればよいのか」心理学はこれらに答えを出してくれるのではないかという期待がある。「こころの時代」「心理学ブーム」といわれ、心理学の一般向けの本やネット上の解釈もあふれている。そしてこれらの答えを直接出してくれそうな臨床心理学が現在日本の心理学の大勢を占めている。日本の心理学の代表的な学会であり一九二七年に設立された日本心理学会の会員が八〇〇〇人なのに対し、心理学の一つの分野である臨床心理学の代表的な学会、日本心理臨床学会の会員は二六〇〇〇人にのぼる。一見物質的な豊かさを享受しているようでいて貧困と隣り合わせにいるような、将来への確かな保証が見えず希望をもちにくく、地域社会はもとより家族の中でさえ人間関係の希薄になった、漠とした不安の漂う社会状況のなかで、こころへの関心が臨床心理学を興隆させているのであろう。また臨床心理学の普及が、個人の心への着目と重視、公認心理師という心のケアの専門家の国家資格の制定といった社会の変化を生み出している。

「心理学の過去は長く、その歴史は短い」とは、記憶の研究者エビングハウスのことばである。彼がこう書いたのは一九〇〇年代のはじめである。心理学が哲学から独立したのは、ドイツのライプチヒ大学にヴントが心理学実験室を開いた一八七九年とされるので、確かに30年の歴史しかなかった。現在はそれから一〇〇年以上たつが、哲学、文学、歴史学などと比べれば、学問の歴史としてはたかだか一四〇年ほどの短いものである。この短い歴史の中で、心理学は「科学」であることを求め、理論をつくりそれを実証することを目指してきた。

この間、心理学はとくにアメリカで広まり、一九七〇年代半ばにコンピュータ科学が急激にのびるまでは、心理学で博士号を受けた人数は、どの学問分野よりも多かったという。日本では第二次大戦後アメリカの心理学の影響を強く受けつつ広がりをみせている。

「心理学の過去は長い」とは、人の心についての関心はおそらく昔から誰もがもっていたであろうことと、ギリシャのプラトンやアリストテレスの時代から心とは何かということが探求のテーマになっていたことをあらわしている。心理学がそもそも心をどのようにとらえるか、それをどのような方法で探求するかということは、短い歴史の中で、一筋に発展してきたというより、そのときの社会の状況や人々のありかたに応じた変遷を遂げてきている。十九世紀後半当初は、自然科学に伍して心理学を科学にするという志向から実験が重視され、感覚、知覚、注意など実験できるものが必然的に対象とされた。二十世紀の初め、フロイトによる精神分析学が心理学に導入され一九〇〇年代の前半を通じ一世を風靡したのは、それが性的な抑圧が強い社会、家父長制の権威の強力な社会に生きた人々の心の解釈に適していたためである。そして、精神分析は子どものしつけや教育に影響を与えた。第二次大戦後まもなくアメリカで出版され、四二か国語に翻訳されて世界中で読まれたという、スポック博士の育児書も精神分析の影響をうけているといわれる。

この小論では、知能と知能検査というトピックをとりあげて、時代のこころと心理学の関係についてみてみたいと思う。

知能が心理学の対象になったのは、個人差への関心からである。進化論を唱えたイギリスのチャールス・ダーウィンの従兄弟であるフランシス・ゴールトンは、ダーウィンの「種の起源」に影響を受けて個体の変異と遺伝に興味を持ち、精力的に個人差の研究を行った。彼は感覚、心像、連想などのさまざまな「心的能力」を測定した。また家系を調査して天才の遺伝について研究した。さらに、よい資質の家系を残すために、悪い資質の遺伝を防ぐ優生学の考え方を主張し、犯罪者を断種し、移民を制限するように運動した。十九世紀末から二十世紀初頭ヨーロッパの階級の固定化した社会、近代産業の発展によって貧富の差の拡大した社会では、能力を育てる家庭の資源や教育の違いが差異を生み出し、それが継承されることが理解されることがなかった。優生学の思想は後にナチスが利用し、それは大衆に受け入れられた。

一九〇五年、フランスのビネーが医師のシモンの協力を得て、はじめて知能検査を考案した。学校教育が義務化され一般に普及するようになったことにより、その教育にあわず、学校で問題行動をおこす子どもをどうするかという問題が出てきた。パリの教育当局からの依頼によって、ビネーは、入学する子どもをあらかじめ見分けて、一般の学校に適さない子どもにはその子どもに適した別の教育をするという考えのもと、家系や出自よりも、子ども自身をよく見て能力を知るための検査をつくった。ビネーは、自分の2人の娘の行動傾向の違いに関心をもち、優劣というより、個人差に応じた教育の必要性に気づいていたと思われる。しかし、時代の要請は、知能検査をこのビネーの最初の意図とは異なる方向へと発展させた。

知能検査はアメリカにわたり、スタンフォード大学のターマンにより「知能指数」の概念が取り入れられた。これによって知能検査は、人の知能をIQという数値ひとつであらわすことができるという画期的な道具となった。これはアメリカですぐに第一次世界大戦で利用された。兵士志願者全員を検査し、知能の高いものは士官や最新兵器の操作をする役割に配属するために（必然的に知能の低いものは最前線に送られることになるだろう）、集団式の知能検査も考案された。また、ヨーロッパからの移民で英語を話せない兵士志願者も多くいたので、ことばを用いないβ版という知能検査も作られた。アメリカで知能検査はその後第二次世界大戦でも発展をとげた。第二次世界大戦では、知能検査だけでなく、様々な役割の適性の評価、リーダーシップや集団の効率的運営、宣伝活動、スパイ活動、捕虜の扱い、占領政策における人心の扱いなど広範囲に心理学が研究され利用された。

このようにアメリカで知能のとらえ方や知能検査が戦争に利用され、またそれによって知能検査はさらに普及し発展した。そして戦争によって研究のすすんだ心理学は、政治、経済活動、教育に広範囲に利用されるようになった。

第二次大戦後、知能検査は日本でも普及し、大学入学適性検査、就学時健診、学童の知能の定期的測定などに利用された。高度経済成長期を迎え、国民の能力開発、人材の育成、大人数での教育の効率化などのために利用されたのである。

しかし、こうした知能検査は次第に批判されるようになる。そもそも知能とは何か。知能検査で測定する知能は人の能力の一部に過ぎない。たとえば創造性は除外されている。アメリカでは、一九六〇年代にジェンセンが知能はその大部分は遺伝し、黒人は白人より知能が低いと主張し、大論争をひきおこした。イギリスのバートによる、知能は七〇〜八〇%が遺伝するとした一九四〇年代の研究のデータはねつ造されたものであるとして、一九七〇年代はじめには大きな問題になった。以下のような批判が行われた。知能検査はそもそも白人の文化に合わせて作られているので、黒人には不利である。黒人は貧困層に多く、栄養状態、家庭環境、教育を受ける機会などの環境要因が知能の発達に不利にはたらいている。人種により知能に差があり知能は遺伝することとの主張は、差別である。

日本でも就学時健診で知能検査を実施して、知能の遅れがある子どもは特殊学級（現特別支援学級）や養護学校（現特別支援学校）にふりわけることに対して、批判がおこり、就学時健診を拒否する運動もおこった。一九六〇年代から七〇年代のアメリカそして日本でのこうした知能検査への批判は、第二次大戦中のナチスの人体実験への反省から行なわれたヘルシンキ宣言、国連による世界人権宣言と国際人権規約の制定、アメリカでの公民権運動といった、人種差別や障害者の差別に対しての人権擁護の高まりを背景にしている。

ＩＱという指標により知能の優劣をあからさまにする知能検査は、その後学校では表沙汰にはしたくないタブーとなり、とくに知能検査に関する心理学の学校での適用は停滞した。アメリカでは州により障害の判断における知能検査の実施が禁止された。一九九〇年代以降にはＩＱよりもＥＱ（こころの知能指数。自分や他者の感情の認識や自分の感情のコントロールの能力といわれる。）が重要であるとのブームもおこった。

最近、また変化がおこりつつある。知能をＩＱという一つの指標からとらえるのではなく、知能の構造、知能の多様性というとらえ方がされるようになり、知能検査自体もそれらを測定するものが開発されるようになった。知能検査がモデルとするものにより知能の多様な面の理解が促されている。たとえば、言語的な能力と視空間的能力、情報を継次的に順番に処理していく能力と全体をまず把握して同時的に処理する能力、注意やワーキングメモリーのような情報処理の入り口に近い能力と思考や判断などの深い処理にかかわる能力などである。それぞれ異なる能力であり、人によってはどちらかが優勢なこともある。優劣というより、ものの捉え方、情報処理の仕方の特徴という理解によって、能力の多様性、人の多様性と豊かさという見方が可能になる。こうしたとらえ方は、多様な人との共生が求められるグローバル化する社会、人権意識の高まりと少子化により一人一人に目を向けて違いに対応していくことが求められる社会で必要となっているものである。能力の多様性が理解され測定できるようになったことは、知能の高低のみで教育の場を振り分けていた特殊教育から、一人一人の子どもの違いに対応する特別支援教育への変化を可能にしたともいえる。

また、知能の遺伝についても新たな見方が出てきている。神経科学の進歩も背景にある。知能は遺伝子の作用による脳の機能の個人差と環境との相互作用により表現される。脳の機能の個人差を把握し、最適な学習法による教育によって、最大限の可能性を引き出すことが真の平等であって、経済状態や家庭環境によって最適な教育の提供が妨げられているのならそれこそが差別であるという考え方である。「富める者はますます富み、貧しきものはますます貧しくなる」という、不利を増幅する悪循環を断ち切るために、知能についての心理学の知見が求められている。

心理学はこのように時代と密接な関係の中で発展し、また社会に影響を与えているといえるのではないだろうか。人の心を探求する心理学は、人が生きる社会とともにある。

参考図書

安藤寿康（2012）遺伝子の不都合な真実、筑摩書房

ビネー・A、シモン・Th　中野善達、大沢直子訳（1982）知能の発達と評価―知能検査の誕生、福村出版

ボールズ・R　富田達彦訳（2004）心理学物語、北大路書房

ガードナー・H　松村暢隆訳（2001）ＭＩ：個性を生かす多重知能の理論、新曜社

ジェンセン・A　岩井勇児監訳（1978）ＩＱの遺伝と教育、黎明書房
カミン・L　岩井勇児訳（1977）ＩＱの科学と政治、黎明書房
斉藤　環（2009）心理学化する社会、河出文庫
サトウタツヤ、高砂美紀（2003）流れを読む心理学史、有斐閣

人文学とメディア学
――「文字」から考える――

西　兼志

〈人間〉・〈社会〉・〈技術〉

人文学をベースとしたメディア学の研究者として、メディア（学）を位置づけるにあたって使っている図があります。それは、〈人間〉と〈社会〉と〈技術〉の三つの次元からなったボロメオの環です（図1）。精神分析家のジャック・ラカンが現実界・想像界・象徴界の関係を説明する際に用いたことで有名ですが、ボロメオの環では、それを構成している、どのふたつをとっても、それらだけでは繋がっていません。三つで初めて、解けることなく、ひとつのまとまりをなすわけです。メディア（学）を考えるにあたって、この図を使うのは、〈人間〉と〈社会〉と〈技術〉のどのひとつも欠かすことができないことを示すためです。(1)なかでも、人文学との関係におけるメディア学の意義は、モノに働きかける〈技術〉の次元を掘り起こしたことにありま す。逆に言えば、人文学は、〈技術〉――たとえば、文学の歴史に対する印刷術の歴史――に対して盲目だったのです。しかし、〈技術〉の次元なしには、「人間」の次元と〈社会〉の次元が繋がることはありません。

それでは何がこの結び目をなしてきたのでしょうか？　長らくそれは言語でした。

たとえば、古代ギリシアでは、人間はポリス的動物とされ、その活動の中心は他者に見られ、聞かれる「現れの空間」でした。そのため、この空間で有用な弁論術こそが——哲学ではなく——第一の学問なのでした。[2] 弁論術は以降も、中世を通じて、文法・弁証論とともに「三科（trivium）」の一翼を担い続けるわけですが、いずれにしても、言語の技法が教育の基礎をなすものなのでした。

図1　メディア（学）を考えるためのボロメオの環

そして、この三科を再編することで誕生したのが、ルネサンスであり、「人文学（studia humanitatis, humanities）」あるいは「人文主義（humanism）」です。

この意味で、人文学は、言語の問題を通して、〈技術〉の問題を問うてきたということもできるわけですが、それを〈技術〉として捉え返すことはありませんでした。三科の流れをくむ人文学は、自然の秩序を探求する算術・幾何学・天文学・音楽の「四科（quadrivium）」だけでなく、これらすべてを含む「自由七科（septem artes liberales）」も、奴隷の技とされた「機械的技芸（artes mechanicae）」から区別され、〈技術〉からもっとも遠いものと考えられていました――そして、それゆえにこそ権威あるものと考えられていたのです。

このような経緯で人文学は誕生したわけですが、これは内容面に注目した内的な観点からの見え方です。そこでは、断絶より連続性が強調されます。しかし、この誕生は、別の観点、外的な観点から捉え返すこともできます。つまり、そもそもなぜこの時代に人文学は誕生したのかということです。このような観点では、連続性より断絶が強調されることになりますが、そこで浮かび上がってくるのは、印刷術の誕生です。書物の流通を促し、聖職者による知の独占を揺るがせた印刷術が、人文学を生み出す環境を用意したというわけです。

そして、このように発想するのが、メディア学にほかなりません。

声の文化／文字の文化

メディア学の嚆矢とされるのは、マーシャル・マクルーハンの『グーテンベルクの銀河系――活字人間の形成』（六二年）と『メディア論――人間の拡張の諸相』（六四年）ですが、元はといえば、マクルーハンは英文学者でした。一九四三年にケンブリッジ大学に提出した博士論文では、十六世紀イギリスの作家、トーマス・ナッシュを取りあげ、先に見た三科の変遷を辿り直すことで、この作家を位置づけようとしています。(3) メディア学に先立つ『機械の花嫁――産業社会のフォークロア』（五一年）を構成するエッセイ群は、このような研究の延長上で、ポピュラーカルチャーを俎上に載せています。つまり、マクルーハンはまずは言語を専門とする人文学者だったわけです。

メディア学が誕生するのは、マクルーハン自身がこの点を自覚するときです。『グーテンベルグの銀河系』の冒頭で言及されているのは、ミルマン・ペリーやアルバート・ロードによる口承文化についての研究です。なかでもペリーはホメロスの叙事詩が口承文化の特徴を残していると考え、それを証明するために、ユーゴスラビアで現存していた口承詩の研究を行いました。たとえば、ホメロスでは、形容辞や、同じような場面の繰り返しなど、定型的な表現が多用されています。従来、それは英雄たちのイメージを強化するための装飾表現だと考えられていました。しかし、ペリーはそのような見方を、文字を前提にしたものと批判し、むしろ口承文化の特徴を表していると考えたのでした。つまり、口承詩は、すでに確定された詩を暗記し、それをただ口誦するのではなく、基本となる場面や表現を記憶し、それらを組み合わせることで、吟じながら詩作するものであるため、そのような表現が頻出するというわけです。

このように、声の文化を発見し、その観点から、文字の文化、すなわち、文学として研究していては捉えられなかったホメロス詩の特徴を明るみに出したのです。声の文化の発見によって、文字の文化を相対化する視座が与えられたわけですが、それはまた同時に、文字の文化が声の文化に対して決定的な断絶を刻むものであり、そのなかで生きる者の見方を強く拘束することを明らかにするものでもあります。別言すれば、声の文化の発見は文字の文化の発見でもあったわけです。

　文字の文化にしろ、声の文化にしろ、そのなかにとどまっていては、それを対象化することは難しいわけですが、それは、それらがわたしたちの「環境」をなすものだからにほかなりません——魚が水の存在に気づかないのと同様です。

『グーテンベルクの銀河系』の冒頭でマクルーハンは、「銀河系」のかわりに、「環境」という言葉を使ったほうがよかったかもしれないと言っています。テクノロジーは「新たな人間環境」を作り出すというわけです。ここで「環境」とは、「たんに人々の受動的な容れ物なのではなく、人々や他のテクノロジーをともに作り直す能動的なプロセス」[4]であり、そのため、そのなかにいるわたしたちが捉えることは容易ではないのです。この「環境」を相対化し対象化しうるのは、別の「環境」だけです。それは、文字の文化にとっての声の文化であり、書物の世界であるグーテンベルクの銀河系を解明できるのも、わたしたちが「電気のテクノロジー」という、文字の後の時代に生きいているからだというわけです。

　メディア学は、このような環境としてのメディアをあえて明るみに出すことによって誕生するわけですが、「メディアはメッセージである」という、マクルーハンのメディア学の中心的なテーゼが意味しているのも、このことにほかなりません。

『メディア論』の文庫版の序文でマクルーハンは、『グーテンベルクの銀河系』の言葉をほぼ繰り返しながら、次のように言っています。

「メディアはメッセージである」の章は、こう言えばたぶん明快になる。いかなるテクノロジーも徐々に完全に新しい人間環境を生みだすものである、と。環境は受動的な包装ではなく、能動的なプロセスである。(5)

「銀河系」と同様、「メッセージ」は「環境」と言い換えられるものであり、「メディア」は人間にとっての「環境」だということです。この点は、特に「内容（content）」との対比において明確になります。

電気の光はそれに「内容」がないがゆえに、コミュニケーションのメディアとして注意されることがない。そして、このために、それは人びとがいかにメディアの研究をしにくいかを示す貴重な例となっている。電気の光はそれが何か商品名を描き出すのに用いられるまで、メディアであることが気づかれないからである。その場合、気づかれるのは光そのものでなく、その「内容」（すなわち、実際には別のメディアなるもの）である。(6)

通常、電光掲示板で使われた「電気の光」の「メッセージ」と考えられるのは、そこで映し出された商品のことです。しかし、マクルーハンによれば、それは「内容」にすぎません——その場合、メディアは「受動的な包装」ということになります。それに対して、「メッセージ」としての「電気の光」とは、それまでは自然の陽の制約のために考えられなかった大脳手術やナイターを可能にするように、わたしたちの時間的・空間的経験を根本的に変えてしまうもののことです。そしてそれが、従来からあった広告を映し出すような場合にも当てはまるというのが、メディア学の考え方です。同じ広告であっても、街で見かけるのか、新聞か、テレビかなど、それぞれのメディア＝環境の力学に従って、「内容」としては変わらなくとも、「メッセージ」としてはまったく異なったものとして経験されるというわけです。

このような発見を文字について行うのは、とりわけ困難です。それは、文字があまりに古く、あまりに人間的で自然な環境であり、また、神経系の拡張、精神活動のメディアだからにほかなりません。しかし、いわゆるマス・メディアではなく、文字についてこのような発見をすることは、メディア学——〈社会〉的なもの、〈技術〉的なものであると同時に、〈人間〉的なものとしてメディアを捉えること——の誕生に欠かすことができません。そして、そのような困難であったからこそ、それを克服することでメディア学の誕生は記されたのであり、マクルーハンはその生みの親とされるのです。

メディア学はこうして人文学から独立し誕生したわけですが、マクルーハン自身も先人たちの声の文化についての研究を参照していたように、なにもかれひとりの独創によるわけではありません。実際、メディア学が誕生した六〇年代には、声の文化と文字の文化について画期的な研究が発表されています。声の文化については、たとえば、クロード・レヴィ＝ストロースの『野生の思考』（六二年）やエリック・ハヴロックの『プラトン序説』（六三年）を挙げることができます。そして、声の文化に対する批判として、ジャック・デリダの『グラマトロジー＝文字学について』が出されたのは六七年です。この声の批判＝文字学が依拠していたのは、アンドレ・ルロワ＝グーランの先史学ですが、その『身ぶりと言葉』が出版されたのは、六四年から六五年にかけてのことでした。

こうして、メディア学の誕生が用意されていたわけですが、同時代にはさらに、フリッツ・マハループの知識産業論やピーター・ドラッカーの知識社会論、ダニエル・ベルやアラン・トゥーレーヌの脱工業化社会論、また日本でも、梅棹忠夫の情報産業論、増田米二や林雄二郎の情報（化）社会論が広く注目を集めました。これらの議論では、情報や知識が価値の源泉となる社会の到来が指摘されているわけですが、メディア学も、このような大きな社会的・経済的変化を別の角度から捉えたものだったのです。

このような時代にメディア学は誕生したわけですが、人文学との関係という観点から重要なのは、フランスにおける展開です。というのも、まさにこの時代に、二十世紀の人文学の一大潮流をなした言語学をベースとする構造主義・記号学が発展したのが、フランスだったからです――デリダの文字学も、このような同時代的な趨勢を批判するものでした。

人文学の拡張としてのメディア学：記号（学）からの展開

構造主義・記号学からのアプローチを代表するものとして、広告や有名人といった「今日の神話」をめぐるロラン・バルトの分析や、クリスチャン・メッツの映画分析を挙げることができるでしょう。言語から構成された文学作品だけでなく、メディア現象一般が研究対象となったわけですが、その媒介となったのは「記号」の概念です。ここで、「記号（sign）」とは、「意味作用（signification）」の媒体のことであり、意味作用が「読み」取られるかぎり、研究対象は言語だけに限定されなくなります。この点は、バルトの次のような言葉によく表れています。

衣服、自動車、出来あいの料理、身ぶり、映画、音楽、広告のイメージ、家具、新聞の見出し、これらは見たところきわめて雑多な対象である。そこには何か共通するものが見てとれるだろうか？　少なくとも、つぎの点は共通している。すなわち、いずれも記号である。街なかを――世間を――動きまわっていて、これらの対象に出会うと、わたしはそのどれに対しても、なんなら自分でも気がつかないうちに、あるひとつの同じ活動をおこなう。それは、ある種の読みという活動である。現代の人間、都市の人間は、読むことで時間を過ごしているのだ。(7)

マクルーハンは、メディアは人間の拡張だと言いましたが、ここでメディア学は「読み」の学問である人文学を延長するものだったのであり、「記号」の概念がその橋渡しとなったわけです。しかし、メディアをめぐる記号学の成功は、実のところ、メディア学の誕生を遅らせることになります。先のマクルーハンの言い方に従うなら、「内容」の解釈に終始することになり、それを支える〈技術〉の次元が看過されたからです（もっとも、バルトの最晩年の『明るい部屋：写真についての覚え書き』（八〇年）は、写真をめぐる優れたメディア論です）。

記号学の成功だけでなく、新たなメディアの登場も、メディア学の登場をさらに遅らせることになります。八十年代は世界的に、放送・通信が自由化された時代であり、それにともなって、新しいメディア、いわゆる「ニュー・メディア」が登場しました。また、それだけでなく、テレビや電話といった既存のメディアの使われ方も変化します。たとえば、フランスではミニテルという、電話回線を通して文字や画像をやり取りするビデオテックスの端末が登場しました（世界で唯一成功したシステムとされ、その成功がインターネットの普及を遅らせたともいわれます——記号学とメディア学の関係に似ているといえるかもしれません）。このようななか、これらのメディアの使用を調査する社会学的アプローチが盛んになりますが、これらのアプローチから、マクルーハン流のメディア学は「技術決定論」として批判されることになります——技術やメディアは、本質論的にではなく、その実際の使用の観点から理解されねばならないというわけです。

こうして、人文学を拡張する記号学的なアプローチと、社会学的なアプローチがまったく別のものとしてそれぞれに展開することになります。ボロメオの環でいうなら、〈技術〉の次元を置き去りにし、〈人間〉の意味活動をめぐる記号学と、メディアの使われ方を調査する〈社会〉学とに解けてしまったわけです。

このような状況で登場したのが、記号概念を更新すると同時に、ディスクール論・コミュニケーション論の展開＝転回を始めとした、二十世紀の人文学の成果を取り入れることで築かれたメディア学＝メディオロジーです。

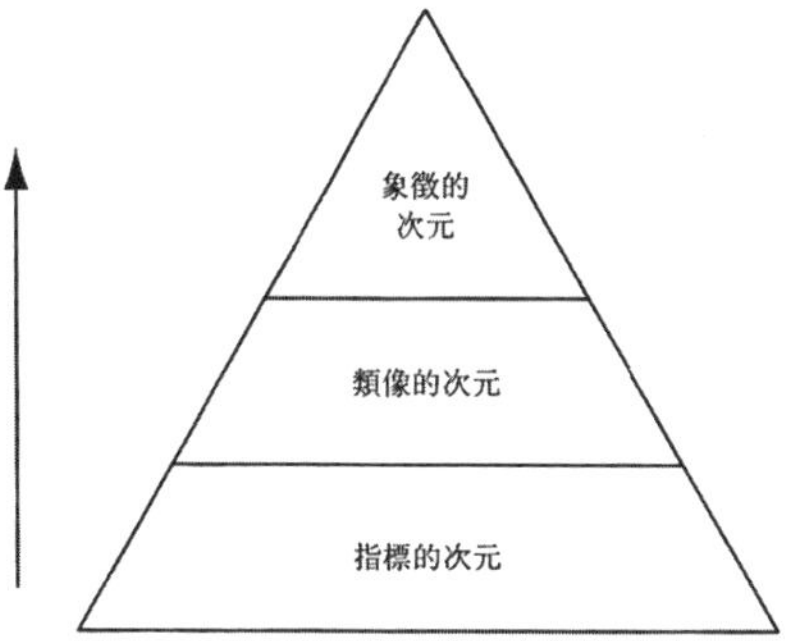

図2　記号のピラミッド

日本でも、九十年代半ばからレジス・ドブレの一連の著作が翻訳されるなどして知られるようになりましたが、その「メディア圏」の時代区分は、マクルーハンの議論と重なるものです。そこで提出されているのは、印刷術の誕生が画期となる「言語圏」と「活字圏」、そして、テレビが一般化する二十世紀後半の「映像圏」（さらに、デジタル技術が他のメディアをのみ込む「ハイパー圏」が続きます）という大きなメディア環境の変遷です。

このような変遷を記号の観点から捉え返すのが、このメディア学のもうひとりの創立者であるダニエル・ブーニューが提出した「記号のピラミッド」（図2）です。[8]

この記号概念は、バルトらが参照したのが、言語をモデルとしたソシュール流のものであったのに対して、記号の学のもうひとつの系譜をなすチャールズ・サンダース・パースに由来するものです（バルトも写真論では、パースの記号概念を参照しています）。

それによれば、記号は大きく、象徴、類像、指標の三つに区分されますが、記号のピラミッドでは、これらの記号が、上からこの順番で並べられています。

まず、象徴記号は、記号と指示対象の関係について、「規約（code）」によって定義されるものであり、言語がこの次元の典型です。ソシュール流の記号が位置づけられるのも、この次元です。別言すれば、言語的な記号は、パースの記号分類では、記号のひとつとして相対化されることになるわけです。この次元は、続く類像、そして、指標の次元によって補完・拡張されます。類像は、イメージ（絵）一般に関わるものであり、「類似性」によって、ピラミッドの基層をなす指標は、「接触（contact）」という直接的関係性によって特徴づけられます。たとえば、煙はその元である火がまさにそこにあること、足跡はそれを残したものがまさにそこにいたことを示す指標記号です（「接触」はまた、ロマン・ヤコブソンが定式化したコミュニケーションの「六機能図式」で、「交話的」と呼ばれる関係設立機能に関わるものであることも確認しておきたいと思います）。

この記号のピラミッドが、メディア学の基本となるのは、メディアの変遷が、記号の複製技術の変遷として捉え返せるからです。つまり、グーテンベルクの銀河系を誕生させた活版印刷は、ピラミッドの頂点に位置する象徴記号を複製する技術であり、十九世紀以降に発明された写真、映画、ラジオ、テレビなどのアナログ技術は類像記号の次元に関わる技術と位置づけられることになります。なかでも、マクルーハンのメディア学や、メディオロジーの「映像圏」の中心的な対象であったテレビというメディアは、生中継というリアルタイム性を特徴とし、出来事と視聴者のあいだに「いま、ここ」での「接触」を確立するものとして、指標の次元に接するものです。

発生論的な観点からは、ヒトが生み出す記号はピラミッドを上昇していきます。進化の過程でヒトは、触れること、音声によるコミュニケーションの世界から、洞窟壁画を経て、文字を獲得してきたわけですが、それは子供の成長でも同様です。

このピラミッドによってメディオロジーは、マクルーハンのように、メディアの変遷を、声から文字、聴覚から視覚、またその逆にというかたちではなく、複製される記号の違い、そして、それによって打ち立てられる関係性・共同性の違いとして捉え返すわけです。

このように、メディオロジーは記号概念を拡張し、記号の複製技術としてメディアを捉え返すアプローチなわけですが、この記号概念の拡張にとって試金石、さらに、要石となるのは、文字です。

というのも、ソシュール流の記号学で文字は、話し言葉を代理表象するだけの似姿、写しでしかないとされます。デリダの文字学は、このような音声中心主義がプラトンにまで遡り、西洋思想に深く根づいたものであることを明らかにしたのでした。さらに、このような文字を下位に置く態度そのものが、ある種の文字、すなわち、アルファベットという文字の体系に規定されていることを明らかにした＝脱構築したのです。別言すれば、音声中心主義を自己矛盾に陥らせることで、それを規定している文字の審級を露呈させたわけです。

この意味で、記号の観点から、文字をどう捉えるのか、あるいは、そもそも捉えられるのかというのは、大きな課題となるわけです。

メディオロジーは、拡張された記号概念によって、より積極的＝実定的に、文字をひとつのメディアとして捉え返します。たとえば、『パイドロス』のエジプトの場面におけるタモス王による文字批判も、「テレコミュニケーションの禁止」であり、第一のメディア批判にほかならないとされます。

また、ソシュール流の記号概念だけでなく、西洋的な文字概念を批判し、「筆蝕」の概念を提出した書家の石川九楊は、「かく」ことが「書く」だけでなく、「描く」でもあり、「掻く」「欠く」でもあると言います。(9) このような「かく」ことの諸相は、実のところ、文字を「書く」象徴の次元、イメージを「描く」類像の次元、モノのうえに痕跡を残す「掻く」「欠く」指標の次元というかたちで、記号のピラミッドの三つの層に正確に対応しています。実際、子供は、殴り書き（スクリブル）の「掻く」「欠く」から、お絵かきの「描く」を経て、文字を「書く」ことを身につけながら成長していきます（近代化の原動力であった公教育が目指したのも、まさにこのピラミッドを上昇していくことだったわけですが、それは、メディアの進展と逆行するものであり、その結果、教育現場と新しいメディアはなかなかうまくいきません）。記号概念の拡張によって、コードに規定された象徴の次元に対応した「書く」だけでなく、「かく」こと一般が捉えられるようになるのです——ここからは、文字を記号としてではなく、むしろ記号を文字として捉える可能性が示されているといえるかもしれません(10)。

以上のように、メディオロジーは、拡張された記号概念を媒介として、イメージ、そして、痕跡の次元までを考察の射程に捉えるようになります。

このような拡張を徹底し、〈技術〉の次元に正面から取り組むのが、ベルナール・スティグレールの技術学です。この技術学は、もうひとつの文字学、新しい文字の学と呼びうるものです。

文字学から技術学の地平へ

スティグレールは、現代フランスのもっとも重要な哲学者であり、近年は現代社会の悲惨についても積極的に発言し、数多くの著作を発表しています。これまで「フランス国立図書館（BnF）」や「国立視聴覚研究所（INA）」、「音響・音楽研究所（IRCAM）」といったフランスを代表する文化施設で所長、副所長といった要職につき、書物、映像、音響のデジタル化、アーカイブ化の国家的プロジェクトで中核的な役割を担ってきました。現在は、ポンピドゥー・センター内に設立した「リサーチ&イノベーション研究所（IRI）」の所長を務めると同時に、「Ars Industrialis（精神テクノロジーの産業政治のための国際協会）」などを通して、国際的に活躍しています。

二〇一〇年には、その活動の一環として、フランスのまさに中央に位置するエピヌイユ・ル・フルリエルに、哲学学校を創立し、その講義を広く市民に公開しています。

スティグレールのこのような職業上の歩みは、哲学者として取り組んできた主題とまったく重なり合っています。それは、主著シリーズのタイトルが『技術と時間』であるように、技術と記憶をめぐるものであり、哲学をテクノロジー（techno-logie）＝技術－学（あるいは技術－論理）の観点から捉え返すことです。

そこで中心的な役割を果たす概念のひとつが、「文字化（grammatisation）」です。この概念をもともと提出したのは、言語学者のシルヴァン・オールーです。[11]オールーは「文字の発明は、人類のもっとも重要なテクノロジー革命のひとつである」とし、言語に関する知とテクノロジーの関係についての考察を進めました。その議論によれば、「文字化」は、文字の誕生に関わる「狭義の文字化（scripturisation）」と、二十世紀半ば以降に進展する「自動化（automatisation）」とともに、言語を対象化する歴史で画期をなすものです。なかでも、『文字化のテクノロジー革命』では、近代における俗語の辞書や文法書の出版による「文字化」は、文字そのものの発明と同様の重要さを有するものとされます。

スティグレールは、この「文字化」の概念を一般化し、時間的な流れを、空間的な単位へと分節化＝離散化するものと定式化します。

そこから提出されるのが、「正－定立（ortho-thèse）」という概念です。[12]スティグレールは、技術一般を、人間の記憶——認知的なものだけでなく、身ぶりのような身体的なものも含めた記憶——をモノに定着するものとし、「前 - 定立（pro-thèse = 補綴、補助器具）」と呼びます(13)。そのなかで、文字のような、記録され伝達されることを前提とした、正確な記録技術のことを「正 - 定立」とするわけです。

このような観点からは、文字は、声との関係においてではなく、正確な記録のひとつと考えられることになります。

> 表音的と呼ばれる正書法的エクリチュールの本質的現象は、声の記録の正確さよりもまず、声の記録の正確さである。問題は、声よりまず正確さなのだ(14)。

音声中心主義の批判／文字の優位は、デリダの議論に沿ったものです。しかし、声との対で文字を考えるのでは、形而上学にとどまることになります。そうではなく、記録技術として文字を捉えねばならないというわけですが、それは、冒頭のボロメオの環を思い出すなら、声と対をなすものとする〈人間〉の次元から、〈技術〉の次元へと視座を広げ移行せねばならないということです。

こうして文字学は、技術学へと拡張されることになります。

この技術学の地平からは、モノに定着された記憶は、視聴覚的なものであれ、生物学的なものであれ、ひとつの「プログラム」となり、「グラマトロジー（grammatologie）」も、「プロ‐グラマトロジー＝プロ‐グラム学（pro-grammatologie）」と一般化されます。

記号のピラミッドで、文字は、象徴的次元にあり、グーテンベルクの銀河系は、それを技術的に複製することで成立したのでした。十九世紀のアナログ・メディアは、「類似性」によって規定される類像の次元に位置づけられたわけですが、「写真（photo-graphie）」、「レコード（phono-graphie）」、「映画（cinémato-graphie）」は、それぞれ光、声、運動を書き取る「新しい文字」にほかなりません。そして、デジタル技術は、それをさらに二項対立の信号として記録するメタ・テクノロジーであり、遺伝情報解析し、操作可能なものにするバイオテクノロジーも同様に、ひとつの文字技術ということになります。

このようにスティグレールの技術学は、文字を技術として、あるいはむしろ、技術を文字として捉え返すことで、〈技術〉の次元を十全に捉えることになります。

新しい人文学!?：デジタル・ヒューマニティーズからデジタル・スタディーズへ

ここまでの議論をまとめてみましょう。

マクルーハンのメディア学は、テレビを中心にメディアが広く普及した六十年代に、声にしろ文字にしろ、言語を、人間の精神活動の環境＝メディアとして発見することで誕生したのでした。同時代のフランスでは、メディア現象を、ひとつのテクストとして、その意味作用を読み解く記号学的アプローチが大きな成功をおさめました。それがメディア学になるには、拡張された記号概念を梃子にして、意味作用の媒体をメディアとして位置づけられるようにならねばなりませんでした。そこでは、声を「書く」だけではなく、イメージを「描く」もの、さらに、モノの表面を「掻く」、「欠く」ものでもある文字はむしろ、記号の範例をなすものと考えられるのでした。そして、技術学は、声と対をなす人間的なものとしてではなく、記録技術のひとつとして文字を捉えるものなのでした。

このように人文学だけでなくメディア学、技術学にとって、その誕生から、文字は中心的な対象であり課題であったわけですが、ここまでたどってきた展開は、文字を機械的に複製する印刷術を環境として誕生した人文学に何をもたらすでしょうか。

このような問いを受け止めることで提出されたのが、デジタル・ヒューマニティーズと呼ばれるアプローチです。

デジタル・ヒューマニティーズは、一九九〇年代後半から、人文学へのコンピューターの導入として始まり、既存の資料のデジタル化プロジェクトのように研究環境のデジタル化として進みました。それが、「デジタル・ヒューマニティーズ2.0」とも称される第二世代では、デジタル環境で生み出された作品も研究対象となり――これをよく表しているのは、アーカイブ（概念）の拡張です――、「まったく新しい学問的パラダイムや、融合的な領域、混成的な方法論、そして、従来の出版文化から派生したり、それに限定されたのではない新たな出版モデルを導入しさえする」ことになりました。つまり、第一世代では、研究のツールや環境が拡張し、第二世代では、研究対象の拡張とともに、従来の方法論が再検討され、新たな可能性が探られるようになったのです。

技術的な進展が研究環境や研究対象として取り込まれるようになったわけですが、それは従来の人文学の拡張——好むと好まざるとに関わらず、あるいはよかれ悪しかれ——にとどまるものです。

しかし、これまで人文学からメディア学、技術学の展開を、文字を縦糸にしてたどってきたわたしたちからすれば、それはたんなる拡張ではありません。というのは、メディアとして捉えるにしろ、あるいは、記号や技術として捉えるにしろ、文字は、まさに知の環境をなすものだからです。

たとえば印刷術に関して、マクルーハンを批判しながら、この技術の画期性を問うたメディア史家のエリザベス・アイゼンステインは、印刷術が書物の単なる量的な拡大ではなく、知的活動の質的変化をもたらしたと指摘しています。[16] それは、知識の標準化であり、アルファベット順に整理された蔵書目録や索引カード、資料収集の効率化、秘蔵ではなく公開することによる保存力の増強です。これらの変化が、聖書の文献学的研究による宗教革命、コペルニクスに代表される科学革命、そして、印刷された文字を介して交流する文人たちが住まう「文芸共和国」の隆盛を用意したわけです。さらに、「ギリシアの奇跡」と称される、哲学や歴史、あるいは、そのほかの科学の誕生も文字そのものを環境として誕生したということもできるでしょう[17]。

つまり、〈技術〉の次元は、けっして知の外部にあるわけではなく、知の核心をなすものなのであり、その意味で、〈技術〉の次元を捉えることは、みずからの拠って立つところを省みること、拡張ではなくむしろ再帰化＝反省なのです。

このように考えるのが、第三世代のデジタル・ヒューマニティーズであり、スティグレールの提唱するデジタル・スタディーズです。

たとえば、知の「コンピューター論的展開」を唱えるデイヴィッド・ベリーは、「デジタル・ヒューマニティーズのデジタル的要素を、そのメディアの特殊性の観点から、メディアの変化が認識論的な変化をいかにして生み出すかを考える方法として検討すること[18]」が、第三世代のデジタル・ヒューマニティーズの課題なのだと言います。あるいは、スティグレールのデジタル・スタディーズは、技術の問題を知や労働といった人間の条件をなすものとして捉え、社会的実践へと開いていくことを目指したものです[19]。

この意味で、デジタル・ヒューマニティーズやデジタル・スタディーズは、けっして新しさを喧伝するようなものではありません。ここまで見てきた人文学からのメディア学、技術学の展開からわかるのは、わたしたちがみずからの知の環境を捉えられるようになるのはつねに、遅れてでしかないということです。デジタル技術が広範で根本的な変化や混乱をもたらし、人文学にとどまらない「理論の終わり」の後の時代には、なおさらのことです。しかしまた、このような状況と組み合えるのは、長い射程をもった問いを問うる人文学だけということもできるでしょう。このような問いを問うことが、人文学の条件、さらには人間の条件なのです。

注

［以下、外国語文献については、既訳のあるものはできるかぎり参照したが、文脈に応じて適宜変更した。］

（1）石田英敬は、「「メディオロジー的転回」の条件――言語科学とメディア」（『現代思想』vol. 24-4、一九九六年四月号）で、記号学・言語科学の専門家として、「言語／記号」「社会」「技術」の三つによってメディア（論）を位置づける議論を展開している。それに対して、本論では、「人間」の次元を置くことで、言語や記号を所与のものではなく、むしろメディアのひとつとして捉えている。

（2）Cf. Marrou, Henri-Irénée, *Histoire de l'éducation dans l'Antiquité*, Seuil, 1948.［アンリ＝イレネ・マルー著／横尾壮英訳『古代教育文化史』（岩波書店、一九八五年）］

（3）博士論文のタイトルは、*The Place of Thomas Nashe in the Learning of His Time* であったが、二〇〇六年になってようやく Gingko Press から出版された際には、このタイトルはサブタイトルとなり、*The Classical Trivium* がメインタイトルとなっている。この変更は、ナッシュやその文章そのものより、むしろ三科の展開におけるその位置づけを明らかにするという著者の狙いをよく表している。

（4）McLuhan, Marshal, *The Gutenberg Galaxy: The Making of Typographic Man*, University of Toronto Press, 1962, p.i.［マーシャル・マクルーハン著／森常治訳『グーテンベルクの銀河系――活字人間の形成』（みすず書房、一九八六年）］

（5）*Id.*, *Understanding of Media: The Extensions of Man*, McGraw-Hill, 1964, p. viii.［M・マクルーハン

著／栗原裕ほか訳『メディア論――人間の拡張の諸相』（みすず書房、一九八七年）ii頁〕

（6）*Ibid.*, p. 9. 〔同上、九頁〕

（7）Barthes, Roland, « La cusine du sens », *Le Nouvel Observateur*, 10 décembre 1964, repris dans *L'aventure sémiologique*, Seuil, Points/Essais, 1991, p. 227. 〔ロラン・バルト著／花輪光訳「意味の料理場」『記号学の冒険』（みすず書房、一九八八年）〕

（8）Bougnoux, Daniel, *Introduction aux sciences de la communication*, La Découverte, 1998, p. 36. 〔ダニエル・ブーニュー著／西兼志訳『コミュニケーション学講義――メディオロジーから情報社会へ』（書籍工房早山、二〇一〇年、六〇頁）〕

（9）石川九楊『筆蝕の構造――書くことの現象学』（ちくま文庫、一九九二年）三二頁。

（10）西兼志「「かくこと」をめぐって――記号・文字・技術」日本記号学会編『ハイブリッド・リーディング――新しい読書と文字学』（新曜社、二〇一六年）。

（11）Auroux, Sylvain, *La révolution technologique de la grammatisation: introduction à l'histoire des sciences du langage*, Mardaga, 1994.

（12）Stiegler, Bernard, *La technique et le temps 2: La désorientation*, Galilée, 1996. 〔ベルナール・スティグレール著／西兼志訳『技術と時間2――方向喪失（ディスオリエンテーション）』（法政大学出版局、二〇一〇年）〕

（13）*Id.*, *La technique et le temps 1: La faute d'Epiméthée*, Galilée, 1994. 〔B・スティグレール著／西兼志訳『技術と時間1――エピメテウスの過失』（法政大学出版局、二〇〇九年）〕

（14）*Id.*, *La technique et le temps 2*. 〔B・スティグレール『技術と時間2』一九頁〕

(15) Presner, Todd, "Digital Humanities 2.0: A Report on Knowledge", 2010, p. 6, http://cnx.org/content/m34246/1.6/?format=pdf (last visited 31 October 2016).

(16) Eisenstein, Elisabeth, *The Printing Revolution in Early Modern Europe*, Cambridge University Press, 1983.［エリザベス・アイゼンステイン著／別宮貞徳訳『印刷革命』(みすず書房、一九八七年)］

(17) Cf. Goody, Jack, *The Domestication of the Savage Mind*, Cambridge University Press, 1977.［ジャック・グディ著／吉田禎吾訳『未開と文明』(岩波書店、一九八六年)］

(18) Berry, David M., "Introduction: Understanding the Digital Humanities", in Berry, David M. (ed.), *Understanding Digital Humanities*, Palgrave Macmillan, 2012, p. 4.

(19) B・スティグレール著／西兼志訳「器官学《オルガノロジー》、薬方学《ファルマコロジー》、デジタル・スタディーズ」日本記号学会編、前掲書。

ピンピンコロリは健康長寿か？

渡邉大輔

「ピンピンコロリ」という言葉を聞いたことがあるだろうか。ピンピン生きてコロリと死にたいを意味する言葉であり、ときに「ピンコロ」やあるいはアルファベットで「ＰＰＫ」と略することなどもある。しばしば高齢者向けの健康体操や介護予防活動などにおいて、ピンピンコロリという言葉が使われ、健康長寿のシンボルとして使われていることも多い。

ピンピンコロリは仏閣において、ご利益の対象にもなっている。図1、図2は、長寿日本一を標榜する長野県[1]において、地域医療の先進地域として著名な長野県佐久市の成田山薬師寺の参道に平成一五（二〇〇三）年に建立された長寿地蔵尊、通称ぴんころ地蔵の写真である。首をやや傾けてほほ笑む地蔵には、日々多くの参拝客が訪れており、高齢者を中心とするバスツアーの目的地の一つにもなっている。月に一度の縁日である山門市では、出店に加えて保健所などによって健康診断が行われ、ただピンピンコロリを祈るだけでなく、健康を意識する仕掛けもある。[2]この参道沿いのお店では、長寿地蔵尊最中（ぴんころ最中）や健康長寿守（ぴんころ長寿焼酎）、地蔵をかたどったぴんころキーホルダーなど五十種類程度のさまざまなグッズも販売されており、参

写真：筆者撮影

図１　長野県佐久市の長寿地蔵尊（通称：ぴんころ地蔵）

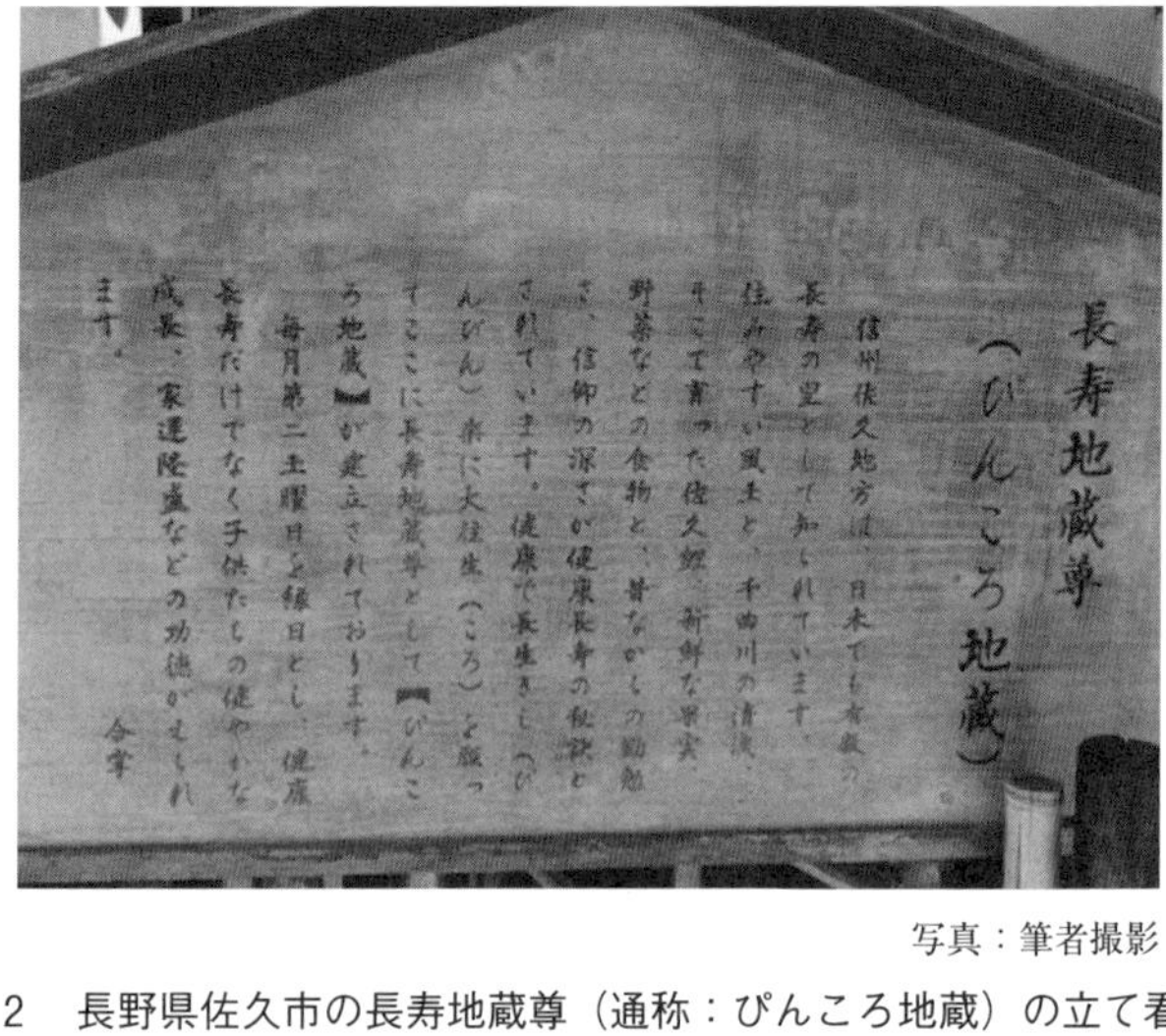

写真：筆者撮影

図２　長野県佐久市の長寿地蔵尊（通称：ぴんころ地蔵）の立て看板

拝客が購入している。立て看板にあるように、「健康で長生きし（ぴんぴん）楽に大往生（ころ）を願」う人々が参拝している。

後に説明するように、ピンピンコロリという言葉が広がるのは一九八〇年代から一九九〇年代であり、とくに高齢者のなかで広がりをもって語られていき、理想の生き方・死に方の一つあり方を指し示す言葉ともなっていった。

本稿の目的は、このピンピンコロリという言葉に注目し、この言葉がいかなる文脈で理想の生き方、死に方を指し示す言葉となったのかを社会学的に分析すること、そしてその変遷のなかで、ピンピンと健康に生きるという考え方が、従来の医療を中心とした考え方を前提にしたものであるのか、そのような考え方がいかなる問題をつくりだしているかを論じることにある。

1　ピンピンコロリの登場

ピンピンコロリという言葉は比較的新しい言葉であり、以前には「ぽっくり」という言葉がしばしば使われていた。「ぽっくり」の語源には諸説あるが、「長く久しく永久にご利益を保ってくださる」という意味を持つ浄土宗の言葉である「保久利」という言葉が語源であるという(3)。民俗学者である松崎憲三の一連の研究によれば、このような「ポックリ（コロリ）信仰」は、日本各地に阿弥陀仏や那須与一などさまざまな対象に「あやかって」、すなわち直接の信仰のあり方とは直接の関連がないものの信仰の対象として、高齢化が進む高度経済成長期以降に広がっていった。[4] 実際、認知症（当時は痴呆と表現）の家族介護の困難さを描いた有吉佐和子の小説『恍惚の人』[5]では、「ぽっくり往生の寺」として奈良県の吉田寺が取り上げられ、全国の高齢者がバスツアーなどで詰めかけるという一大ブームも起きている。[6] さらに、「ぽっくり」という言葉には海外の日本研究者も注目し、日本の高齢化社会を人類学的に論じた学術書などで紹介されている。[7]

この「ぽっくり」という言葉を参考にしつつ、ピンピンコロリという言葉を提唱したのが長野県下伊那郡高森町で体力つくり運動に取り組んでいた北沢豊治である。北沢は、長野県内の高校の体育教師であり、県教育委員会事務局の指導主事も勤めていた。県からの派遣社会教育主事として高森町に勤務した際に、町民の体力つくり、健康つくりのために成人、とくに高齢者の体操が重要であると考えていた。そこで提唱したものが「ＰＰＫ運動」であった。数年間、高森町での体操普及を務めた後、一九八〇年にこの経験を日本体育学会で報告した際に、北沢はその報告要旨において次のように述べている。

> 町の老人たちと話をしてみると、よく出てくる話題は、「現代は変化もはげしいが、楽しみも多い。だから丈夫で長生きをしたいものだ」そして「死ぬ時はあっさりであってほしいと思う」という希望がほとんどである。つまり病気で長い間寝ていたり、苦しみながら生きるのはつらいということが最大の関心事である。そこでピンピンして健康で長生きしてコロ

リと死ねたら幸せであるという気持ちを表すのを略して、ピンピンコロリとした。これをローマ字で表わし、その頭文字をならべＰＰＫとした。

そしてこのＰＰＫを町内の中高年齢者の体力つくり、健康つくりのキャッチフレーズとして利用することにした。(8)

北沢は、「丈夫で長生き」と「死ぬ時はあっさり」という希望を踏まえ、町内の中高年齢者の体力つくりのための運動プログラムを開発するのであるが、それは東洋医学のツボを活用した指圧によるものである。ツボの指圧に着目した理由は、「いつでも、どこでも、誰にでも手軽にできる」(9)からである。一人でできるツボ、パートナーと指圧するツボを複数紹介し、各地の老人大学のなかでの「ＰＰＫ運動」講座の設置などを呼びかけている。北沢の開発したＰＰＫ運動は、健康に対するエビデンスをもつ体操プログラムではないが、「丈夫で長生き」をするための運動であり、ピンピンコロリは運動のための呼びかけメッセージであった。注意するべきは、北沢はピンピンコロリの「ため」の運動として呼びかけたのではなく、ピンピンコロリという言葉をきっかけとして、健康つくりのために運動することを推進しようとしたのである。

北沢の提唱したピンピンコロリは、当初は長野県の一部地域においてのみ使われる言葉であったが、それは次第に「北沢の活動とは直結しない形で」「言葉だけが独り歩き」(10)を始める。それは、ピンピンコロリが個人レベルの理想の死として想起されるとともに、医療費の抑制につながるという発想が展開していく過程である。
そこで、ピンピンコロリが発展していく背景について論じたい。

2　ピンピンコロリの広がりの背景：疫学転換、介護問題、老人医療費問題

ピンピンコロリが広がっていく背景として大きく三つの要因が考えられる。疾病構造の変化、介護問題の発生、老人医療費問題である。

一つの目の背景は、コロリという急な死が理想であるという点にかかわる。これは言い換えると、長期の療養、すなわち長患いを避けたいという意図があるといえよう。当然ながら、長い療養生活は本人も周囲にも多大な負担をもたらすものである。だが、より根本的には、長期間にわたる疾患を抱える人が増えたという構造的要因を考える必要がある。これは、経済発展にともなう絶対的な物的欠乏状況の解消と、医療技術の発達によってもたらされた「疫学転換[11]」と呼ばれる疾病構造の変化である。疫学転換は、とくに乳幼児や若年層における感染症による死亡割合の減少と、中高年齢層における慢性疾患の増加に見出すことができる。

日本では、戦前までの主要な死因は、結核、肺炎、胃腸炎といった急性の疾病であり、元気であった人が急に亡くなることも多かった。この状況は、抗生物質の普及によって一変する。そして、主要な死因はがん（悪性新生物）、心疾患、脳血管性疾患といった変性疾患へと変化した。これらは、一度その病気にかかると完治しにくい慢性疾患である糖尿病、高血圧、高脂血症などの

生活習慣病と強く関連した疾患である。この疾病構造の変化の結果、終戦直後の昭和二二（一九四七）年の平均寿命は男性五〇・六歳、女性五四・〇歳であったものが、二〇年後の昭和四〇（一九六五）年には男性六七・七歳、女性七九・二歳へと急上昇し、平成二七（二〇一五）年には男性八〇・八歳、女性八七・一歳にまで上昇した[12]。同時に、この個人レベルの長寿化と並行して慢性疾患の患者数もまた増大している。このことは、急性の病気で死ぬ人が少なくなり、死ぬ前には長期にわたるケア（あるいは病気との長い「つきあい」）が必要となることを意味する。ピンピンコロリが求められる背景には、この死をもたらす疾病の変化や医療技術の変化が、長患いによる死のイメージと、そのイメージに対抗する形でできるだけ短期間で苦しまずにコロリと死ぬことが理想であるという考えをもたらしたのである。

第二は介護問題である。疾病構造の変化と長寿化により、それまでよりもはるかに長い高齢期を生きる人々が急増した。このことにより、疾病だけでなく、加齢にともなう心身機能の衰えと老年症候群による虚弱化によって、長期の介護が必要となる人が急増したことがあげられる。

介護という言葉は新しい言葉であり、福祉制度や医療制度が未発達であった一九六〇年代には、研究レベルでもほとんど使われていない[13]。介護が社会問題として前景化してくるのは一九七〇年代以降であり、三世代同居がまだ多かった当時の日本社会ではその家族扶養規範の強さから、介護の主たる担い手は妻であり長男の嫁であり、専門職が中心となっていなかった。そのため、「家族に迷惑をかけたくない」という思いから、本人がピンピンコロリを望むという意識が高まっていく。ピンピンコロリが理想とされていく背景には、この迷惑をかけたくないという考え方が大きな役割を果たしている。

第三は老人医療費問題である。ピンピンコロリやピンコロ、あるいはぽっくりといった言葉は、一部の仏閣や健康活動などで広がっていくが、それが政策的に大きく注目を浴びるのは、一九九七年に国民健康保険中央会がまとめた『市町村における医療費の背景要因に関する報告書』である。この報告書では、当時一人当たり老人医療費がもっとも低い長野県に焦点をあて、その低い要因について分析がなされている。その要因として、ベッド数の少なさ、平均在院日数の短さ、在宅死の多さ、保健師の数の多さ、地域保健士などの地域活動の充実などが指摘されている(14)。その結果、長野県は長寿であるとともに老人医療費が少ないことから、同報告書をベースとした一般向けの書籍において長野県はピンピンコロリを実践していると評価された(15)。急速に進む高齢化と、高齢化を上回るスピードで進む老人医療費の増大に対して、ピンピンコロリというあり方が社会にとっても医療費の抑制という観点から望ましいと考えられていくのである(16)。

このように、疫学転換による生活習慣病などの慢性疾患の増大と病気である時間の長期化、長寿化にともなう介護時間の増大とその負担感、そして、増大する医療費の削減という、複数の異なる文脈が接合する地点において、ピンピンコロリは個人にも社会にも望ましいものとされていくのである。

3　超高齢社会においてピンピンコロリはそもそも可能か

それでは、六十五歳以上の人口構成比が四分の一以上となり超高齢社会[17]に突入した日本において、ピンピンコロリは可能なのだろうか。いくつか具体的な統計指標をみながら考えてみたい。

図3に年齢別年次別生存率の推移を示した。横軸が年齢、縦軸が生存率を示している。ここでの生存率とは、各年次ごとに十万人が生まれたとしたときに、何歳のときに何人が生存している

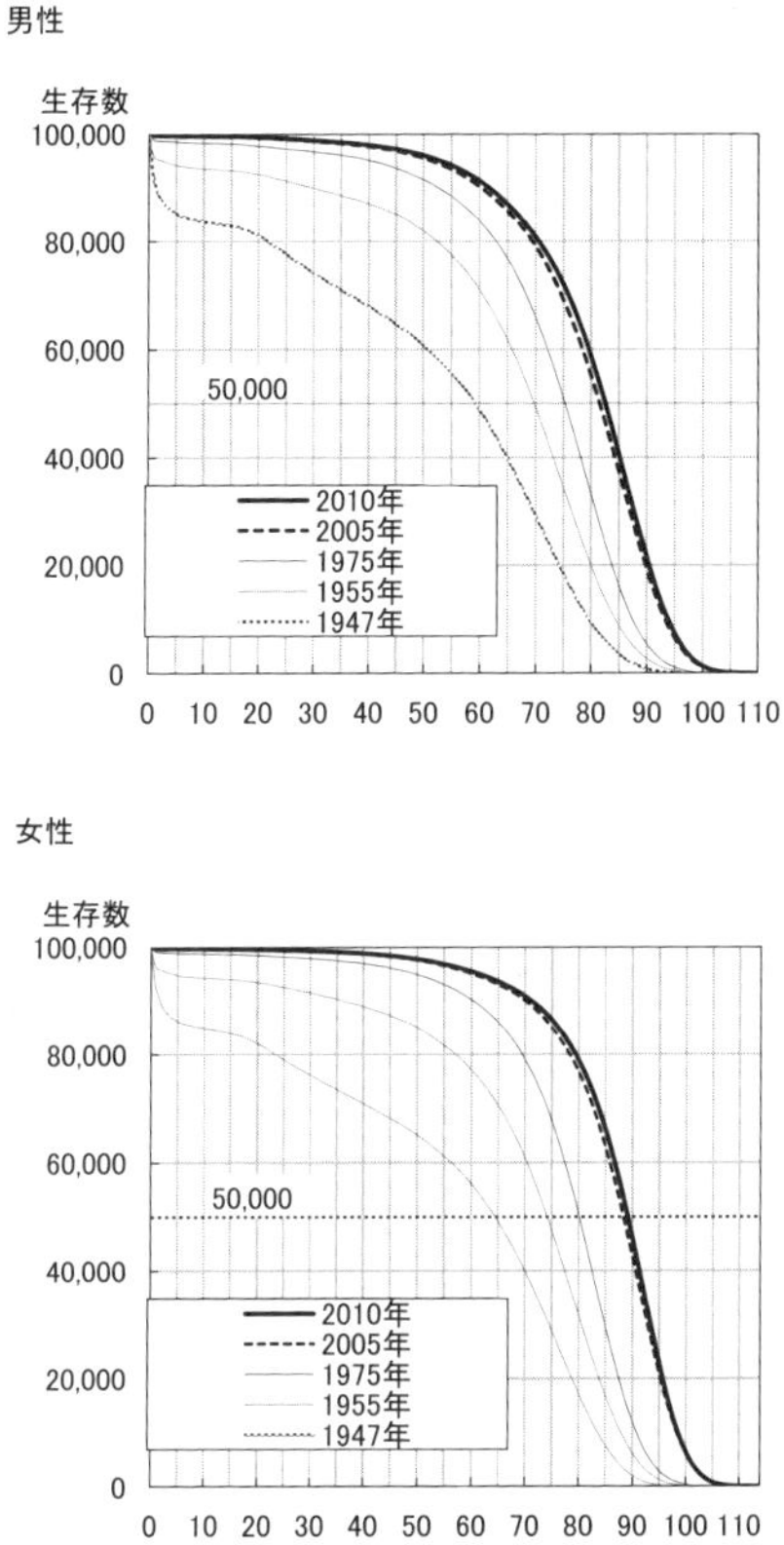

出典：厚生労働省「生命表」より作成

図3　年齢別年次別生存率の推移（上は男性、下は女性）

表1　要介護5の認定数および65歳以上人口の推移（2001〜2014年）

	65歳以上人口		要介護5認定数	
2001年	22,788,000	（—）	360,119	（—）
2005年	25,566,000	（12.2%）	445,012	（23.6%）
2009年	29,006,000	（27.3%）	529,126	（46.9%）
2014年	32,960,000	（44.6%）	639,100	（77.5%）

括弧内は2001年からの増加率

出典：厚生労働省「介護保険事業状況報告（年報）」より作成

かの比率を意味する。図3をみると、男女ともに戦後から数十年にわたって生存率が向上していること、二〇〇五年以降はほぼ高止まりしていること、そして、現在では七十五歳前後を一つの境として男女ともに生存率が急減していく傾向にあることがわかる。国や世界保健機関（WHO）の定義では高齢者とは六十五歳以上であるが、現在の生存率は後期高齢期と呼ばれる七十五歳以降に大きな節目があり、高齢者のなかでも段階があるのである。

それでは、死亡がピンピンコロリとなる人はどの程度いるのだろうか。鈴木隆雄は、それまで元気であったものが救急車で病院搬送されてその病院で死亡する、すなわち病院での急死の割合だとすると、「六十五歳以上の（高齢者）総死亡者数に占める急死者の割合はたかだか三〜四パーセントなのである」(18)と人口動態統計などの資料から具体的な数値を示している。

また表1は、平成一三（二〇〇一）年から平成二六（二〇一四）年までの、高齢者人口と介護保険の要介護認定のうち最も重度である要介護度5(19)の人数とその伸び率の推移を示している。この表からは、高齢者人口の伸び率よりも倍近い、はるかに速いスピードで要介護度5の認定率が伸びていることがわかる。これは、後期高齢者の増加による虚弱な高齢者の増加によるものである。当然ながら、虚弱な高齢者は適切な介護や看護を受けることで、一定レベルの生活を送ることもできる。それは同時に、要介護状態になっても人は長く生きることを意味するのであり、たとえピンピンでなくても長く生きられるのである[20]。

ここで紹介したデータは、いずれもピンピンコロリは実態としてはまれな現象に過ぎないことを示している。すなわち、ピンピンコロリは尊厳死や安楽死のような人為的な作為を行わない限り、不可能であるのである。ピンピンコロリを祈願する人々が多く存在している背景には、このピンピンコロリの不可能性があるといえる。

4　ピンピンコロリを超えて——老いをしなやかに生きることを目指して

ここまでピンピンコロリという言葉の登場と広がり、その背景構造と実態について論じてきた。そして、ピンピンコロリは一見、理想の死のように見えるが、その実現は困難であることを明らかにした。

むしろピンピンコロリは老いの問題を見えなくする言葉であった。すなわち、疾病構造が変化し、長寿化が進展するなかで、完治が期待できず長期にわたる治療が必要となる慢性疾患とのつきあいや、加齢にともなう虚弱化という現実を忘却し、直視しないための言葉ともなりうるものであった。

上野千鶴子はこの点を踏まえ、ピンピンコロリは病気や障害であることを許容しようとしない考え方であり、「『人間の品質管理』の思想が、ファシズムでなくてなんなんだ」と断じている。[21] しかし、ただイデオロギーとして否定するだけでは、コロリと死にたい、負担になりたくないという個人的な欲望と、医療費や介護費を抑制したいという国家や社会の要求をはねのけることは難しいだろう。

ここで私たちが考えるべきことは、なぜピンピンコロリが健康長寿とされているのか、より正確に言えばなぜピンピンが「健康」とされているかということである。すでに述べたように、長寿化が進む現在において死因の多くは慢性疾患と強い関連をもつ変性疾患であり、また高齢の人の多くがなんらかの生活習慣病などの慢性疾患を抱えている。言い換えると、人々は老化とともに病を得やすくなるという厳然とした現実がある。この点を考えると、病気でないことをピンピンとすると、よりよく老いることとはすなわち老いないことという逆説的な現象に直面することとなる。[22] すなわち、健康とは病気がないことという考え方自体が自明のものであるのかを再考する必要がある。

この点を、新しい健康観を踏まえて考えたい。猪飼周平は、病気や障害を抱えて生きる人々に対して、その病気を治せるか治せないかに注目し、治療による回復を目指す「医療モデル」から、高齢者の生活上の問題として病気や障害を捉え直し、実質的に困難な病気の治療ではなく、生活の質（ＱＯＬ）の増進を目標とした支援を目指す「生活モデル」へと健康戦略の目標が変容している点を指摘している。[23] 病気がないという意味ではピンピンしていなかったとしても、生活の質の増進を目的とした支援は可能であり、その支援体制をしっかりと構築することで病気や障害があってもなお充実した生活を送ることができるという考え方である。この新しい健康観に立ったとき、ピンピンコロリという考え方は、旧来の医療モデルを前提とした健康長寿にすぎないことが明らかとなる。超高齢社会においていま私たちに求められていることは、たとえ病気や障害をえたとしても、老いを充実してしなやかに生きる新しい実践であり、ピンピンコロリを夢見ることではないのである。

ここまで、ピンピンコロリを知識社会学的に考察してきた。最後に、この老いをしなやかに生きるという実践における社会科学と人文学双方の役割について述べたい。

社会科学は、さまざまな形でデータを蓄積し、実現可能性を考慮したうえで、生活モデルに根ざして老いを生きる人々への支援体制の構築を行い、またその現状の評価を行うことが役割となる。これに対して人文学には、人間ならではの想像力によってピンピンコロリに変わる新しい人々の生の意味を再構築することに、その役割がある。有吉佐和子の『恍惚の人』が介護の苦しみを描くことで、そのような苦しみのないピンピンコロリというあり方を理想と思わせていったように、人文学は新しい価値観を論理面だけでなく情緒面を含めて提起する必要があるのであり、この情緒面を含めて議論できる点に、人文学の可能性がある。老いをめぐる社会科学と人文学の対話は、まだ始まったばかりである。

注

（1）厚生労働省の「平成二二年都道府県別生命表の概況」によると、四十七都道府県中、長野県の平均余命は男女ともに一位であった。

（2）このような取り組みは、実態としては建立や山門市の実施のあとで始まったものである。筆者が平成二二（二〇一〇）年に行った山門市を主導する方へのインタビューによると、もともとは「まちづくり」のために地蔵を建立したのであり、ピンピンコロリという理念はそこまで重視されていなかったという。

（3）たとえば、佐藤琢磨著・佐々木英忠監修、『ポックリ死ぬためのコツ』アスペクト、二〇〇九年。

（4）松崎憲三、「『ホクリ』大権現をめぐって――高松市鬼無・千葉県大原町」『西郊民族』一八二巻、二〇〇三年。松崎憲三、「那須与一とポックリ（コロリ）信仰――近畿・四国地方を事例として」『民俗学研究所紀要』三一巻、二〇〇七年三月、など多数。

（5）有吉佐和子、『恍惚の人』新潮社、一九七二年。

（6）『朝日新聞』一九九九年六月一四日、夕刊、一面。この記事には、『恍惚の人』で取り上げられた影響から、「小説をきっかけとした「老い」への関心の高まりの中で、新聞やテレビ、雑誌が取り上げ、「ぽっくり寺」はいつの間にか爆発的なブームの中心に据えられた。五台、十台と貸し切りバスに乗ったお年寄りたちが全国からやってきた。当時、住職だった山中長悦・老僧（七六）は『まるでワッと噴き出るビールの泡のようだった。あの小説で痴ほう症の実態を知った人が多かったのでは……』と振り返る」と、当時の様子が描かれている。

（7）日本の高齢化や介護問題などを取り上げた社会学や人類学の研究でしばしば言及されている。たとえば、ウーは「ぽっくり」を「身体的な健康な人が突然予期せぬ形で死を迎えることと」（Wu, Yongmei,

The Care of the Elderly in Japan, London: Routledge Curzon, 2004. 九二頁）と紹介し、その背景としてトラファガンは周囲に迷惑をかけたくないという意識があることを指摘している（Traphagan, John, W., *Taming Oblivion: Aging Bodies and the Fear of Senility in Japan*, New York: State University of New York, 2000. 一四七頁）。

（8）北沢豊治、「中高年齢者の体力つくりについて——高盛町におけるＰＰＫ運動」『日本体育学会大会号』三十一巻、二四五頁、一九八〇年十月。

（9）北沢豊治、同上書、二四五頁。

（10）武藤香織、「「ピンピンコロリ」をめぐる物語——私たちが欲しいものはこれなのか？」『現代思想』第三十六巻第三号、二〇〇八年三月。

（11）Omran, Abdel R., "The Epidemiological Transition: A Theory of the Epidemiology of Population Change," *Milbank Memorial Fund Quarterly*, 49(4): 509-538, 1971. Wilkinson, Richard G., *The Impact of Inequality: How to Make Sick Societies Healthier*, New York: New Press, 2005.

（12）厚生労働省、「生命表」。

（13）春日キスヨ、『介護問題の社会学』岩波書店、二〇〇一年。なお、老人福祉法の成立が昭和三九（一九六四）年、老人医療費の無料化が昭和四七（一九七二）年である。

（14）国民健康保険中央会、『市町村における医療費の背景要因に関する報告書』、一九九七年三月。

（15）水野肇・青山英康編、『ＰＰＫ（ピンピンコロリ）のすすめ——元気に生き抜き、病まずに死ぬ』、紀伊國屋書店、一九九八年。

（16）この報告書への分析にはすでに多くの異論が提起されている。その批判の最大のポイントは、長野県の老人医療費の低さは、高齢者が健康であることによるものではなく、医療供給体制の整備が不十分であり、本来は必要がある人が医療や介護、福祉サービスを受けることができていないものによること（井出守、「長野県の老人医療費はなぜ低いか――医療提供体制の立遅れが原因」『社会保険旬報』二一八六巻、二〇〇三年一〇月）、同時に、地域においてほぼ無償で地域保健活動を担う保健補導員活動などの歴史的積み重ねによるものなどといった要因が指摘されている（今村晴彦、「健康長寿を築き上げた信州人の文化・社会――長野県の保健補導員制度からの考察」『老年社会科学』三五巻四号、二〇一四年一月）。

(17) 人口学では、総人口に占める六十五歳以上の人の比率（高齢化率）が七パーセントを超えると高齢化社会、十四パーセントを超えると高齢社会と定義している。この定義を踏まえ、二十一パーセントを超えることで超高齢社会と呼ぶこともある。日本が超高齢社会になったのは、二〇〇七年であり、先進国では初めてであった。

(18) 鈴木隆雄、『超高齢社会の基礎知識』講談社、二〇一二年、一四一頁。

(19) 要介護度5で想定されている状態像は、身体面の動作能力が低下して介護なしには日常生活を営むことがほぼ不可能な状態であり、また、心身の状態が低下し、かつ、医師の伝達が困難となるなど日常生活のすべての行為が一人でできない状態である。なお、要介護度は状態像を示すものであり余命を示すものではない。適切な医療・看護・介護等の支援を受けることで状態像は改善することも多い。要介護度は、悪化も改善もありうる指標であり、不可逆な指標ではないことに注意が必要である。

(20) ピンピンコロリが望ましいとする意見の一つに、医療技術による延命治療が人間の尊厳を破壊しているのであり、そのような「器械に支えられた生命」は否定されるべきであり、そのような場合は尊厳死を選べるようにするべきという意見がある（水野肇、『老いかた上手――PPKの大往生をめざして』主婦の友社、二〇〇三年）。しかしこれらの意見は、「自然」な生を生存よりも重視させようとする議論であり、また医療実践の実態にも必ずしもそぐわないものである（立岩真也、『唯の生』筑摩書房、二〇〇八年）。

（21）上野千鶴子、『おひとりさまの老後』法研、二〇〇七年、一七八頁。

（22）老いを忌避するという考え方は老年差別（エイジズム）ともいえるが、近年では老いないことを理想とするアンチエイジング（抗老化）という考え方が広がっている。しかしこの考え方は、老化や虚弱化かを個人の努力の有無へと還元していき、社会で老いを支えていくことを困難にしていく。Mortas, Nihan, *A Critical Examination of Anti-aging Discourse: The Relevance of the Works of Micheal Foucault and Susan Sontag*, Köln: Lambert Academic Publishing AG, 2009.

（23）猪飼周平、『病院の世紀の理論』有斐閣、二〇一〇年。

後　記

本を作るのは楽しいことです。世界を創造するような企画立案、神経の張り詰める原稿依頼、寄せられる原稿との新鮮な出会い、出版社を通して感じる読者との繋がり、一連の流れに身を置いていると、意味のある世界に生きている喜びが湧いてきます。人文学とは、もともとそういうことだったのではないでしょうか。世界や自分を知りたくて先人に尋ね、知を分かち合いたくて言葉にし、その言葉をまた誰かが読んで。書物というものが人文学の営みに相即するものだとしたら、その成立経緯を記すことも、あながち関係者の内輪話というだけではなくて、人文学を語ることになるのかもしれません。

まずは本書の母体となった成蹊大学文学部創立五〇周年記念講演会について。

文学部五〇周年の記念に人文学というテーマでイベントを行うことが決まったのは二〇一三年度末の文学部運営委員会で、翌一四年夏、遠藤不比人先生、堀内正樹先生、渡邉大輔先生、浜田が作業チームに選ばれました。このイベントを、今日的視点からあらためて人文学的教養を学ぶ場とするのか、あるいは人文学の危機的状況を論じ課題を共有する場とするのかという現実的で本質的な問いが、ブレーンストーミングの過程で浮かび上がりましたが、結局私たちは、登壇者それぞれの学問との関わりを伺うことで両方の目的が達成されるだろうという楽観的な見透しを立てました。楽観的になれたのは、五〇年の文学部の実践と、登壇を願う方たちへの信頼があったからです。専門、世代、立場を異にする各講師に右の内容でお話をしていただき、最後に会場からのコメントも受けつつ、モデレーターの裁量で、各講師の発表を掘り下げたり、あるいは人文学の本質や現状といった問題を論じたりしていただこう、ということになって、できあがったプログラムが左です。

セイレンの誘惑―ホメロスの叙事詩『オデュッセイア』から―　細井敦子
文学と歴史の間―頼山陽『日本外史』をめぐって―　揖斐高
短歌と私―前田透先生との時間―　林あまり
大学院生・大学院修了生のビデオメッセージ―学問に心ふるえたとき―　下河辺美知子
大学生に歴史学は必要なのか？―成蹊生のいま―　有富純也
ピンピンコロリは健康長寿か？―老いをめぐる人文学と社会科学―　渡邉大輔
モデレーター　見城武秀
司会　堀内正樹

当初、企画タイトルとして私たちが考えていたのは「成蹊人文学の饗宴―学問と私（仮題）」というものでしたが、講師に諮ると、人文学に成蹊を付けるのは変だろう、「学問と私」というタイトルは気恥ずかしい、という方が何人もいらっしゃいました。ことにていねいに考えて下さ

ったのが細井敦子先生で、

細井「「饗宴」として数人が次々に話をするとなると、プラトンを思い浮かべる人が必ずいるでしょう。そういうタイトル表示を傍らにして壇上で話す勇気は私にはありません。」

浜田「それなら「饗宴」を止めて「人文学大宴会」ではどうでしょう。賑やかでよくないですか。」

細井「それではお笑い番組になります。お笑いならば「人文学のたのしみ」あるいは動きを入れて「人文学をたのしむ」は？」

浜田「たのしみだけでは皆さんの危機意識を掬いとれないような気がします。サブタイトルをつけて「人文学のたのしみ—または、かなしみの人文学」とか。」

細井「危機意識に「かなしみ」では弱いでしょう。かといって強いスローガンを出すべきだとも思いませんが。では「人文学の沃野」」

正確にこの通りではなく、他の登壇者ともあれこれやりとりしての結果ですが、この「人文学の沃野」案を作業チームに伝えたところ「それは素晴らしい」「さすがです」「沃野なんて言葉知りませんでした」（?）と賛辞の大合唱になり、講師の皆さんからも賛同をいただき、ようやくこのタイトルに決まったのでした。

細井先生の「セイレンの誘惑」は、そのタイトルも開幕にふさわしく、この日の催しはさまざまの声が響き合うものでした。登壇者ばかりではありません。メディア越しに大学院生や修了生たちの若々しい声も集まりましたし、引用された言葉を通して、私たちは頼山陽や前田透先生の声も聞いているはずです。クイズなど取り入れた参加型授業スタイルの講演では聴衆も声を発していました。単に賑わいを伝えているのではありません。ディスカッションも含めて、それぞれの声が、まさに「人文学」をめぐって響き合っていたということ、おそらくそれが人文学の姿であったろうことを記録しておきたいのです。

声は、現在を伝えるだけではありません。講演会に続いては、日向ひまわり先生の「新作講談　中村春二伝」でした。現在に生きていると創業者のことは忘れがちですが、「春二先生が好きで成蹊に来ました」と言った学生も、かつてわがゼミにおりました。

文学部五〇周年企画は、講演と講談のほかにもパネル展示あり、キャンパスツアーあり、懇談会あり、おみやげにチョコレートありの大イベントでしたが、さすがに本書から離れてゆくのでそこまでは記しません。

さて、宴の後。本書の編集です。

講演会記録なのか、独立した論集なのかの二者択一では、少し迷いましたが第一義的には後者としました。刊行されて私たちの手を離れるものですから、書籍自体として独立して読み手に伝わるものでなければいけません。ただ、講演会ないし記念行事の、それぞれの人の声が聞こえてくるような雰囲気はむしろ積極的に残したいと考えました。そのため、新稿をお願いする方も含めて、たとえば文末表現を常体や敬体に統一するなどはしませんでしたし、枚数も一〇枚程度から五〇枚程度まで、内容的にも次のような幅を例示して、自由に立ち位置を選んでいただくように依頼をしました。

（A）人文学の意義や今日の状況を主題的に論じる。

（B）人文学の各専門領域における研究を通して、人文学の射程や可能性、学問スタイルを示す。

（C）狭義の人文学に対しては隣接する領域の研究を通して、学問の関係のありようを併せ論じる。

（D）人文学の授業実践報告や、コラム的な文章などで人文学の広がりを示す。

執筆者については、講演会の講師に加え、人文学の「沃野」を豊かにして下さりそうな方々にお願いしました。成蹊大学文学部には英米文学科、日本文学科、国際文化学科、現代社会学科の四学科があり、加えて教職の先生方がいます。政治的な意味での学科バランスを重んじたわけではないのですが、人文学なるものの領域を考える上で、この学科編成は参考になりました。

四月一五日に執筆をお願いしてすぐの一七日、執筆要領をお送りするよりも早く原稿を送ってきて下さったのが、小野俊太郎先生です。いただいたメールには「地震のニュースを見ながら、これは国難だと思って、今こそ人文学という気もちが高ぶり」とありました。熊本地震の時です。

一方、メロスを迎えるセリヌンティウスのような喜びで編者が原稿を受け取ったのが、見城武秀先生です。思えば先生は二〇一三年度に学部運営委員としての方針決定以来、講演会モデレーター、論集執筆者として、プロジェクトにもっとも長く付き添って走って下さったことになります。

ちなみに十年ほど以前に小野先生を私に紹介してくれたのが、見城先生の論考末尾に記されている村山敏勝先生でした。知の拡がりと人の繋がりは不思議なもので、二〇一四年に着任、村山先生と特段の接点はない佐々木紳先生が、本書論考でやはり村山先生の訳書に言及されています。そしてその佐々木先生の論考は、今日の私たちが恐らくもっとも閉鎖的であってはならない異文化に道を開いてくれるものです。知の繋がりが人を結びつけ、人の結びつきが世界を開くということでしょうか。

言わば手作りの知である人文学において、そのような人の繋がりは意味のあることでしょうし、その繋がりの場の一つが大学、文学部なのでしょう。成蹊大学文学部創立時を知る久保正彰先生は、さらに恩師にあたる倉石五郎先生の教育を伝えて下さいました。久保先生や金子武蔵先生は文学部でも教鞭を執られています。林あまり先生も、師であった歌人前田透先生を語るとともに、ある意味では前田先生の死によって結びついた先生方との関わりも語って下さいました。それぞれの先生方のお仕事は業績として外に表れていますが、アカデミズムの内部は外から見えにくいところがあるかも知れません。本書を通してそんな学知の交流を少しでも感じていただければうれしいことです。

本書の構成は、目次を見ていただければ、各章の枠づけの説明などは不要であろうと思います。すべての原稿が届いた後で組み立てた章立てですが、ごく自然に決まったものです。配置に際して文章の長短や硬軟、扱う時代や方法などは考慮しましたが、すべて独立した文章ですから、読者におかれてはどこからでも自由にお読み下さい。なお、表紙カバーの写真は、左上から時計回りに、正門から眺めた成蹊大学、成蹊実務学校仮校舎時代の授業風景、成蹊大学情報図書館、同図書館所蔵の「徒然草絵詞」で、枠の上から顔を出すのは成蹊学園マスコットのピーチくん、裏表紙カバーの写真は大学本館講堂です。大学や学園の雰囲気も、ちょっぴり味わっていただけると嬉しいです。

執筆者はもとより、本作りをご一緒させていただいた松浦義弘学部長、鹿野谷有希、田中一嘉両助手、風間書房の風間敬子社長に謝意を表します。

二〇一七年二月

浜田雄介

執筆者紹介

松浦　義弘（まつうら　よしひろ）成蹊大学文学部教授。フランス近代史。『フランス革命とパリの民衆』（山川出版社）、『フランス革命の社会史』（同）、翻訳にL・ハント『フランス革命の政治文化』（平凡社）、『人権を創造する』（岩波書店）など。

久保　正彰（くぼ　まさあき）成蹊大学文学部助教授（英語、ラテン語）、東京大学名誉教授（西洋古典学）、ハバード大学客員、オックスフォド、コオパス・クリスチ客員、東北芸術工科大学名誉教授（初代学長）、日本学士院院長、学士会理事長などのあと、現在は栗山顕彰会名誉会員。

見城　武秀（けんじょう　たけひで）成蹊大学文学部教授。コミュニケーション論、メディア論。共著に『メディア・コミュニケーション学』（大修館書店）、『モバイルコミュニケーション』（大修館書店）など。

下河辺　美知子（しもこうべ　みちこ）成蹊大学文学部教授。アメリカ文学・文化、精神分析批評。単著に『グローバリゼーションと惑星的想像力』（みすず書房）、『トラウマの声を聞く』（みすず書房）、『歴史とトラウマ』（作品社）など。編著に『アメリカン・テロル』（彩流社）、『アメリカン・ヴァイオレンス』（彩流社）など。

細井　敦子（ほそい　あつこ）成蹊大学名誉教授。西洋古典学。「古代ギリシアの弁論術におけるレトリック―リュシアス第一弁論を例として」（『レトリック連環』風間書房）、『リュシアス弁論集』（共訳）京都大学学術出版会、「ヘレネー」（『ギリシア悲劇全集第8巻』岩波書店）など。

佐々木　紳（ささき　しん）成蹊大学文学部准教授。中東地域史、トルコ近現代史。『オスマン憲政への道』（東京大学出版会）、「ナームク・ケマル『祖国あるいはスィリストレ』」（柳橋博之編『イスラーム知の遺産』東京大学出版会）など。

遠藤　不比人（えんどう　ふひと）成蹊大学文学部教授。英文学、文化理論。著書に『情動とモダニティ』（彩流社）、『死の欲動とモダニズム』（慶應義塾大学出版会）。訳書に『〈死の欲動〉と現代思想』（みすず書房）。

小野　俊太郎（おの　しゅんたろう）成蹊大学文学部非常勤講師。イギリス文学。『ドラキュラの精神史』（彩流社）、『デジタル人文学』（松柏社）、『「里山」を宮崎駿で読み直す』（春秋社）など。

林　あまり（はやし　あまり）　成蹊大学文学部非常勤講師。歌人、演劇評論家。作詞（坂本冬美「夜桜お七」他）も手掛ける。歌集『MARS☆ANGEL』（沖積舎）、『スプーン』（文藝春秋）、エッセイ集『光を感じるとき』（教文館）など。

有富　純也（ありとみ　じゅんや）　成蹊大学准教授。日本古代史。『日本古代国家と支配理念』（東京大学出版会）、「古代神社の展開過程」（『島根県古代文化センター研究論集16　古代祭祀と地域社会』）など。

揖斐　高（いび　たかし）　成蹊大学名誉教授。日本近世文学。著書に『江戸詩歌論』（汲古書院）、『近世文学の境界－個我と表現の変容』（岩波書店）、『頼山陽詩選』（岩波書店）など。

平野　多恵（ひらの　たえ）　成蹊大学文学部教授。日本中世文学。著書に『明恵和歌と仏教の相克』（笠間書院、2011）、共編著に『大学生のための文学レッスン古典編』（三省堂、2009）、『明恵上人夢記訳注』（勉誠出版、2015）など。

牟田　悦子（むた　えつこ）　成蹊大学文学部教授。教育心理学、発達障害児教育。『LD・ADHD の理解と支援』（編著　有斐閣）、『LD の教育』（共編著　日本文化科学社）、『LD と学校教育』（共編著　日本文化科学社）など。

西　兼志（にし　けんじ）　成蹊大学文学部准教授。専門はメディア論、コミュニケーション論。著書に『〈顔〉のメディア論：メディアの相貌』（法政大学出版局）、『ハイブリッド・リーディング：新しい読書と文字学』（共著、新曜社）など。

渡邉　大輔（わたなべ　だいすけ）　成蹊大学文学部准教授。社会学、社会老年学。共編著に『計量社会学入門』（世界思想社）、共著に『もっと踏み込む認知症ケア』（羊土社）、『ライフスタイルとライフコース』（新曜社）、『ソーシャルキャピタルと格差社会』（東京大学出版会）など。

浜田　雄介（はまだ　ゆうすけ）　成蹊大学文学部教授。日本近代文学。『新青年』研究会会員。共編著に『定本久生十蘭全集』（国書刊行会）、共著に『昭和文化のダイナミクス』（ミネルヴァ書房）、『怪異を魅せる』（青弓社）など。

成蹊大学人文叢書13

人文学の沃野

二〇一七年三月三一日　初版第一刷発行

編　者　成蹊大学文学部学会

責任編集　松浦義弘
　　　　　浜田雄介

発行者　風間敬子

発行所　株式会社　風間書房
101-0051　東京都千代田区神田神保町一—三四
電　話　〇三—三二九一—五七二九
FAX　〇三—三二九一—五七五七
振　替　〇〇一一〇—五—一八五三

印刷・製本　太平印刷社

 NDC 分類：908
ISBN 978-4-7599-2179-3　Printed in Japan